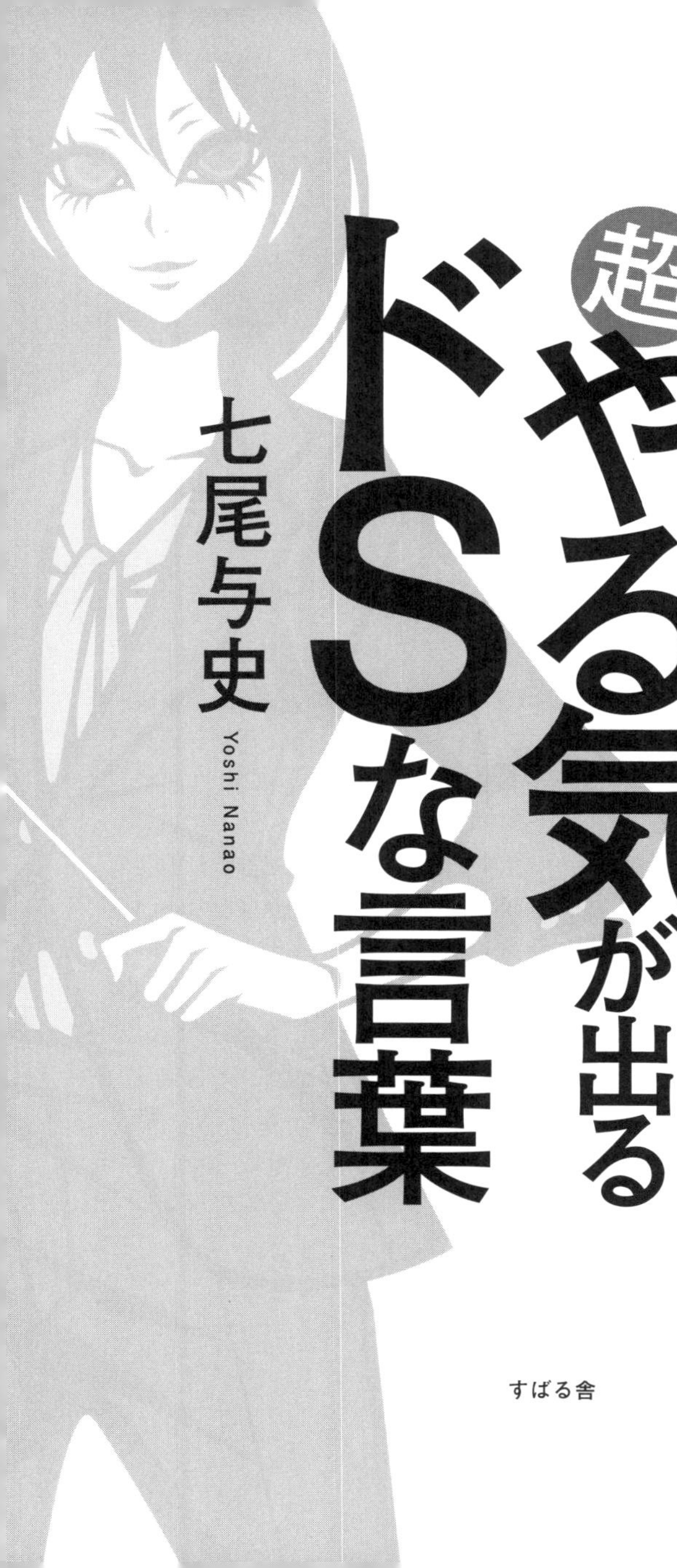

グサっと痛いけど

超やる気が出る ドSな言葉

七尾与史
Yoshi Nanao

すばる舎

キャラクター紹介

黒井マヤ

Maya Kuroi

警視庁捜査一課殺人捜査班三係に所属する女刑事。巡査部長。警察の道を選んだのは悪を駆逐して正義を守るため……ではなく、単に殺人現場が好きだから。警察庁幹部の父親を持ち、ドS気質の彼女は警視庁ではやりたい放題の傍若無人ぶりを発揮している。並外れた洞察力の持ち主であっという間に真相を見抜いてしまうが、そのことを決して報告しない。殺人犯が逮捕されれば殺人現場が生み出されないからである。そんな色白で黒髪のマヤの美貌は警視庁随一である。

代官山脩介

Shusuke Daikanyama

マヤと同じ三係所属の刑事。巡査。どういうわけかマヤのご指名でコンビを組まされていて、彼女から「代官様」というあだ名をつけられた。マヤの傍若無人にはいつも振り回されているが、彼の使命はマヤの推理したことを推理することだ。マヤは事件の真相を見抜いても決して口にしない。そんな彼女をおだてたりなだめすかしたりしてヒントを引き出して難事件を解決していく。トホホなキャラクターだが、正義感は強く、いざとなれば身を挺《てい》してマヤを守ろうとする気概の持ち主だ。

contents

第1章 人としての「基本」くらい身につけなさい

001 **初対面は見た目が10割** 028
初対面の印象なんて、見た目が100%よ。あなたのように中身がない人でも、どうにかなるんだから。

002 **あいさつをする** 030
あなた、今、何も言わずに事務所に入ってきた。口がないのかしら。何のことかわからない？　そこまでバカ？　土下座したら教えてあげてもいいわ。

003 **突き抜けた人になる** 032
体育で友だちに「一緒に走ろう」って言われなかった？　でもみんな先に行って、亀みたいに置いてけぼり。悔しいと思いなさいよ。そこからが勝負よ。

004 **見えない努力をする** 034
私のような天才はめったにいないわ。イチローだって見えないところで努力してるの。たとえ、バカにされたってね。もちろんあなたもそうしてるのよねぇ？

005 **言い訳NG** 036
これで何度目の遅刻？　何回も遅れるって鳥頭。いいかげん、遅刻しない方法を考えなさい。このままじゃあなたの本気度は見えないわ。

006
他人に頼りすぎない 038
あなたの尻拭いしてくれるなんていい同僚ね。だけど、汚いお尻をさらけ出して平気だなんて、あなた恥ってものを知ったほうがいいわ。

007
主体性を持つ 040
上司に叱られるのなんて当たり前だわ。指示を待ってる間は、でくの坊だもの。本気で取り組む人なら、何か言われる前に行動するものでしょ。

008
全力を尽くす 042
がんばったわねぇ、なんてこの程度じゃ言わないわよ。一度くらい全力を出しなさい。そしたら褒めてあげてもいいわ。

009
いつもポジティブに 044
結果を出せなかったからって、そんなに落ち込まないでよ。別に落ち込んだままでもいいけど、そんなんじゃ魅力ゼロね。

010
自信を持つ 046
パーフェクトな人間なんて私くらいよ。あなたはどうせ一生未完全。でも1の才能を努力で補えば10は無理でも8くらいになるでしょ。

contents

011
困難との向き合い方 048
スランプだからってひとりで悩んでどうするの？　また悶々とするなんてバカの一つ覚えね。人の意見を聞けばいいのに。でなきゃ、また同じことの繰り返しよ。

012
自分らしさを出す 050
先輩のようになりたいです、なんて本気で思ってるの？　どうあがいても違う人間よ。得意分野を伸ばしたほうが人生うまくいくと思うけど？

013
周りの人を助ける 052
傲慢ね。ひとりで生きてきたつもりだなんて。でも人間は持ちつ持たれつ。あなたも助けられてきた。そうやって世の中回っていくの。もう気づいてるくせに。

014
継続力をつける 054
この世で一番すごいのはね、地味でも千里の道を行ける人よ。道の長さにビビる前に、まずは一歩踏み出してみたら。

015
執念を持つ 056
物事、「絶対」なんてありえないって言うけど、絶対って思ってないとたどりつけないところもあるわよ。知ることができて良かったわね。

016 努力より夢中 058
努力こそ成功の鍵？　ふふっ、それじゃ半端ね。子どもみたいに夢中になれる人が強い。集中力が違うもの。あなたも昔は子どもだったでしょ。

017 感謝を声に出す 060
私くらい完璧なら、人に感謝なんて不要よ。でも、あなたは周りに助けてもらってやっとここまできたのよね。で？　そういう時はなんて言うんだっけ？

泣く子と地頭には勝てぬ殺人事件　第1部 062

第2章 その程度なのに本気で「仕事」に取り組んでるって言うの？

018 人がやらないことをやる 078
「こんな仕事をするために入社したんじゃないんです」。ぷぷっ。そのひと言で、バカを晒したわね。

019
締め切りより早く 080
今、何時何分？　約束は2時よね？　学生のレポートだって、遅れたら受け取り拒否よ。企画書なら、なおさら早めに提出するもの。でなきゃ上司は読んでもくれないわ。

020
しっかりと報連相 082
あなた、今日の仕事どうだったのよ？　え？　うまくいかなかった？　それ、今言うこと？　報連相って言葉を知らないの？　社会人失格ね。

021
細かいところに気を配る 084
こんな大雑把な書類じゃ、一目で却下ね。だって見づらいんだもの。書式を揃える、グラフを使う、そんな工夫はどうしたのよ。伝えたかったら、まずは細かいことからね。

022
楽しんでみる 086
あなた、いつも愚痴ばかり。それって自分も貶めてるのよ。ちょっとでも楽しもうとすれば、つまらないどぶ沼からは抜け出せるのに。

023
上司を利用する 088
部署の飲み会を断ったの。え、職場以外のコミュニケーションはムダだって？　バーカ。それはあなたが生産性のある仕事ができた時だけ言えるのよ。

024
アピールする 090
あなたなんなのよ。ここは会社。存在価値のない人はいらないの。どんな特技でも活かして、自分もできるって主張しなさいよ。

025
給料に妥協しない 092
同僚や友だちとの年収比べなんて、どんぐりの背比べ。自慢するならビル・ゲイツくらい稼いでからにしてよ。それであいつらをあっと言わせるのね。

026
競争する 094
勝ち負けにこだわりたくないんですって!? バッカじゃないの。そのセリフ、勝った人が言えるのよ。あなたに言える資格はあるのかしらね。

027
他人の力を借りる 096
徹夜なの？ シャワーも浴びてない？ 臭いわけね。どうして同僚に任せられないのかしら。

028
愚痴より結果 098
愚痴ならいくらでも言いなさいよ。聞いてあげるわ。あなたが結果を出している人ならね。

contents

第3章 うまく「休み」をとれたら一人前ね

029
嘘を捨て、真実を　100
あなた平然としてるけど、誤魔化したり嘘をつくたびに、実は心が痛んでる。バレたらもっと恥ずかしい。そういうのを続けて、いつまで持つかしら？

030
自分へのご褒美はほどほどに　102
女子に多いのよねー。甘いお菓子にキラキラ貴金属。でもね、ご褒美って本来他人からもらうように仕向けるもの。さて、あなたにご褒美くれる人はいるのかしら。

031
強みをいくつも持つ　104
コンピュータならなんでも任せろって、あなた、それだけの人間なのね。営業力とか企画力とか、いくつか得意なことを持ってたほうが評価が高いし、将来安泰なのに。

032
転職前に自分を見つめ直す　106
へぇ、転職。それ、転職ブームに流されるだけじゃない？　安易ね。限界まで考えて、それでもしたいって言うなら、応援しないでもないけど。

泣く子と地頭には勝てぬ殺人事件　第2部　110

033
心を整える習慣を持つ　120
最近あなたの成績、破滅的で救いようがないわ。デスクにへばりついてるからよ。散歩でもして心を整える場所でも見つけてみたら。

034
努力した気になって睡眠時間を削らない　122
睡眠時間が3時間？　お得意の寝てない自慢ですか～。今日は昨日の半分しか仕事できてないわね。

035
ムダを楽しむ　124
ワーカホリック自慢ってダッサ！　Ｇｏｏｇｌｅ本社ってまるで公園みたいなの。遊んでいるうちにひらめくものがあるって知ってるのね。誰かさんとは正反対。

036
焦っている時でもゆっくりと　126
あー、信号無視。ちょ、ちょっと横からトラックがきたわよ。ここで殺さないでよね。急がば回れって言葉を、あなたの辞書に付け加えなさい。

037
気遣いしすぎない　128
あなた、本当はイヤなんでしょう。毎日同じ人たちとお昼食べて、興味のない話に頷いて。いつか疲れて自滅するわね。そうなる前に、心を休める場所を見つけたら。

contents

038
疲れたら寝る 130
うっわ、ブサイク。目の下のクマがゾンビみたい。上司が居残るから帰るに帰れなくて？　バカねぇ。仕事で一番大事なのは上司なの？

039
休む勇気を持つ 132
ねぇ、仕事の話をしてるのよ。そんなザツな返事しないで。ムカつくわ。は？　熱があるの？　ならさっさと帰りなさいよ。使えないあなたなんて用はないわ！

040
運動をする 134
メタボねぇ。頭の中までフォアグラなの？　解決策は運動しかないわね。あなたのフォアグラなんてまずそうだし。

041
1日に変化をつける 136
朝はパン、昼は弁当、夜は晩酌。死ぬまでそうしているつもりかしら。柔軟性ゼロね。だから仕事の変化についていけないんだわ。

042
子どもの心を持つ 138
頭ガチガチね。どうして？　子どもの頃、同じジャングルジムで、50通りも違う遊びを思いついてたじゃない。あの柔軟さを忘れちゃったなんて、すっごく残念。

043 **笑い合う** 140

顔がこわばってる。最近笑ってないわね。憂さ晴らしに友だちと飲みに行ったら？　友だちがいない？　仕方ないわね。私が付き合ってあげるわよ。

044 **ひとりの時間を大切に** 142

休みの日に電話なんかして、寂しがり屋ね。でも私ダリオ・アルジェント監督の映画を見てるから切るわよ。せっかくひとりなんだし、ここ一週間の反省でもして来週に備えたら。

第4章 何かしたいことがあるなら今すぐ「挑戦」しなさい

045 **最初の一歩を踏み出す** 146

メッシだってロナウドだって、最初にボールを蹴った日ってのがあるのよ。あなたの最初はいったいいつにするの？

046 **チャレンジする** 148

バンジージャンプがしたいなぁ。一緒に行ってくれるでしょ？　えっ、怖いんだ。弱虫！　でも一度恐怖をクリアしたら、つまんない人生が面白くなるかもしれないわよ。

contents

047
欲望を持つ 150
ミニマリストってさ、欲を抑えてるだけだとは思わない？　それって結局マゾよね。自分が幸せになれるものなんて、たくさんあるほうがいいに決まってるでしょ。

048
自分自身を充実させる 152
へぇ、リア充なんて興味ないんだ。それって人生に諦めてる人が言うセリフよね。でもあなた、本当は好きな人を抱きしめてみたいでしょ。

049
思いきり贅沢をしてみる 154
そのシャツ1000円？　上流を知らない人って、そこまでの人間よねぇ。超高価な服を買ったり、おしゃれなバーに行きなさいよ。その経験があなたを変えるわ。

050
海外に飛び出してみる 156
言葉の通じない国に行って、一度大きな失敗をすることね。どれほど自分が無能かわかるから。その代わりコミュニケーションができるようになったら褒めてあげる。

051
空気を読まない 158
何頷いてるの。内心反対なんでしょ。ハブにされそうで、できないなんて、バッカじゃないの。私を見てよ。誰もが付き従ってくるわ。

052
変わり者でいい 160
うっわ、意気地なし！　また自分を隠してる。守りに入ってないでハジけなさいよ。あなた本来の変態ぶり、好きよ。

053
他人の嫉妬に振り回されない 162
さっき悪口言われてたわよ。おめでとう！　やっと一人前ね。今からどれだけネチネチしてくるかしらね。楽しみだわ。

054
戦う前から負けた気にならない 164
死ぬ気でがんばるなんて言っても、どうせ死なないんだもの。要するに負けてもいいと思ってるんでしょ。骨は拾わないわよ。

055
神頼みしない 166
目に見えないものを信じるなら、神さまよりこれまでの経験でしょ。忙しい神さまがあなたごときを見てくれるわけがないんだから。

056
最後までやりきる 168
諦めるって、心残りにするってことよ。だいたいあなた、何かやりきったことってある？　このままじゃ未練を残して死ぬわね。私のところには化けて出てこないでよ。

contents

057
未来に希望を持つ 170
何回目のノックダウンだか知らないけど、もう1回くらいリングに戻りなさいよ。惨めな敗北ばかりじゃ、それこそ惨めな将来を過ごすのよ。

058
同じ気持ちの人を想像する 172
次の企画の重圧に負けそう？　日本代表はそれ以上にプレッシャーがかかってるわよ。あなたも会社代表の気概くらい持ちなさいよ。

059
限界を決めない 174
あいつには負ける、ねぇ。そう思ってるなら負けるわ。勝てる可能性を放棄してるんだもの。臆病者！完璧な人間はいないの。なのに、本当に絶対負けるわけ？

060
ギリギリを楽しむ 176
プレゼンは明日。なのに資料は中途半端。それで自信がないから帰るって、ヘタレ！　本番1分前までが持ち時間よ。ここから詰めて勝ちをもぎ取る醍醐味を楽しみなさい。

061
最後まで責任を持つ 178
まだゴールも見えてないのにバテそうだなんて、弱っちいのねぇ。一世一代の仕事なんでしょ。ほら、栄養ドリンク。これで最後まで走れるわね。

062
緊張感を楽しむ 180
そんなに緊張してちゃ、大した成績は出せないわ。実力より緊張のほうが結果を左右するものよ。オリンピックで楽しかったです、って笑顔の人のほうがたいてい勝ってるものじゃないかしら。

063
山場を乗り越える覚悟を磨く 182
このコンペは勝ちたい？ 生半可な相手じゃないわよ。そう。覚悟があるのね。わかったわ。一皮剥いていらっしゃい。

第5章 一瞬がんばるより、「習慣的」にがんばりなさい

泣く子と地頭には勝てぬ殺人事件 第3部 186

064
毎日、積み重ねる 194
あなた、道端の石ころみたい。無為に日々を過ごしてきた分、取り柄がないからね。少しずつでも毎日磨いてたら誰か拾ってくれたかもしれないのに。

contents

065
知識を増やす 196
あなたって、新聞も本も読まないんだもの。顧客を前にあたふたしてて恥ずかしかったわ。今回の商談は悲惨ね。ま、相手は教養ゼロの原始人とは話したくないだろうから。

066
誘惑を断ち切る 198
その資格、必要なんでしょ。なんで関係ないYouTubeなんか見てるわけ？　覚悟も決意も完璧じゃないのよ。誘惑に溺れて、まるで、猿以下ね。

067
狭い世界でも一番を取る 200
ニッチな世界なら簡単にチャンピオンになれるかも？　バッカじゃないの。あのね、どの世界でも一番になるには根性がいるの。あなたにそのガッツはある？

068
考える習慣を持つ 202
指示されたことをただこなすなんて、オツムが弱いのね。なぜそれが役に立つのか全体像をつかめたら、コロコロ言うことが変わる上司を先回りして黙らせられるわよ。

069
自己反省する 204
やり直しよ、やり直し！　こんな反省文、読めたもんじゃないわ。こっちを窺ってそれらしい言葉を並べてるだけ。一度自分を省みて、本当はどんな人間なのか考えた上で出してみて。

070
柔軟になる 206
「これが自分の仕事の進め方」なんて、偉そうに。クライアントは毎回違うの。相手に合わせた対応をして当然じゃない。この独りよがりの石頭！

071
後ろめたいことはやらない 208
見たわよ。今、後輩の企画、横取りしようとしてた。あの子は味方だから他言しない？　問題をすり替えないで。あなた、ホルマリン漬けにしてあげましょうかしら？

072
悩まない 210
仕事はうまくいったのに怒られた？　その上司、単に文句を言いたいだけね。しかも同じことを言うしか能がない。放っておきなさいよ。ベストは尽くしたんでしょ？

073
くよくよしない 212
いちいちピーピー泣いてるんじゃないわよ！　その時間、もっと生産的に使ってよね。次のプロジェクト、あなたに丸投げするから。もちろん、できるでしょ？

074
イヤなことは忘れる 214
はいはい、聞き飽きました。不満は1回でお腹いっぱい。もう、さっさと忘れてよ。じゃないとあなた、次も絶対しくじるものね。

075
嫉妬するなら人より自分 216
嫉妬ほど醜いものはないわよ。あの人に負けたからなんなの？　責めるのは負けた自分でしょ。努力、工夫、熱意。いずれも足りなかったんだもの。

076
他人を恨まない 218
ゾクッとするわ、上司への恨み言。とか言いたいけど、あなたバカなの？　恨めば恨まれる。人の心は鏡と同じ。それなら敵を作るより味方を増やすほうがいいじゃない。

077
感情的にならない 220
聞こえたわよ。「辞めます」ですってね。たった1回の失敗で、たった1回怒られたからって、まだまだお子ちゃまねぇ。

078
人の役に立つ 222
えっ、自分の仕事が定時前に終わったからって、もう帰る準備？　どうせ暇なんだから、あそこのチカチカしてる電球を替えなさいよ。感謝されてこそ、評価も上がるのよ。

079
相手の立場から見る 224
あなたいつも自分目線だから失敗するのよ。世の中の人はみんな自分の思惑を持ってる。勝ちたかったら、相手の視点に立つこと。じゃないと、みんなの玩具にされて遊ばれるだけね。

080

相手の時間を大切にする

226

取引先をカラオケに連れて行った？　バカ！　それってあなたが騒ぎたかっただけじゃない。相手、あなたのことをハタ迷惑な時間泥棒だと思ったでしょうね。

081

部下＝自分

228

部下が使えないって？　あなた、自分こそ使えない人間だったのね。部下が役に立たないなら、それはあなたの責任。適材適所も見分けられないんだもの。

082

ネガティブ禁止

230

いいかげんにしてよ！　口を開けば「自分なんて」。あなた、そんなにダメなわけ？　それってあなたを評価した人をバカにしてるのと同じよ。

083

威厳・権威を見せつけない

232

あー、あくびしちゃう。上層部の話って皆同じ。自分が偉いって言いたいだけ。あなたもそんなスピーチするのかしらね。ちょっと昇進したからって。

084

他人を幸せにする

234

人に幸せにしてもらおうなんて、なんて傲慢なのかしら。自分が幸せにならないと、誰かを幸せにすることもできないのよ。

contents

第6章

まだ「コミュニケーション」が最強のスキルって気づいてないの？

泣く子と地頭には勝てぬ殺人事件　第4部　238

085
人を褒める　248
まったく。そこでひと言「素晴らしいですねぇ」って言えれば、あの人、あなたに好意を持ったわ。ほら、私を相手に練習しなさい。

086
先入観を持たない　250
私って美人でお嬢さまで頭もいいから、高飛車でワガママなんですって。そういう先入観にとらわれるから、あいつらは失敗ばかりなのよ。

087
あら探しをしない　252
聞き苦しいと思ったら、部下の悪口大会？　ま、嫌いじゃないけど、生産的でもないわね。良いとこを見つけて、それを活かすほうが、上司としての評価も上がるんじゃない。

088
相手の人間性を見る　254
あの人美形だから印象は良いわね。でも、0点。知識も知恵もなくて気遣いもできないんだから、誰からも3日で飽きられるわよ。

089
友人を大切にする 256
友だちの過失なのに、自分のせいにしたんだ？　一生の仲間だったら命もかけられる？　へぇ、そんな人がいたら苦しくてもがんばれそう。友だちって、最高の財産なのね。

090
文句を言わない 258
文句って、自分に納得できない時に出る。誰かを巻き込んでいる時も。でも、人の文句を聞いたらどう？　ぶん殴りたくなるんじゃない。それがわかってるなら、文句なんか絶対言わないのよ。

091
時には我慢 260
メールの返事が遅いからって、そんなに焦らないでよ。あのねぇ、すぐに出る結論なんて、大したことないの。待つことを覚えなさい。その時間分、得た答えは確実なんだから。

092
自分を捨ててまで相手に合わせない 262
何そのキンキラキンの髪。好きな人の好み？　鏡をよく見なさい。この世で一番似合ってないから。あ、もしかして私に恥をかかせるつもりなのかしら。

093
イヤな人間関係をバッサリ切る 264
あなた、会うたびに頼みごとされる友人っているわよね。お金貸したり、行きたくもない合コンに行ったり。迷惑なんでしょ。その人、一生友だちでいたい？

contents

094
迷惑はかけてもいい 266
人の迷惑になるのがイヤだなんて、バッカじゃないの。みんな、ただそこにいるだけで誰かの迷惑になっているの。どうせそうなら、堂々としてなさいよ。

095
自分をさらけ出す 268
その作り笑顔、いかにも本心隠してますって感じで、印象悪い。あなた、同僚と仲悪いでしょ。当然ね。心を開いてくれなきゃ、他人のことなんて信用できないもの。

096
人との壁を取り払う 270
みんなと仲良くしなくても別にいいじゃない。でも本当に親しくしたい人がいるなら、その人の友だちや恋人とも友だちって世界を共有したら。

097
謝る時はしっかりと 272
自分が悪いのは認めるのね。でも、叱られるのがイヤ？　バカ！　失敗はピンポイントで反省できるチャンス。しっかり謝れば、相手にも好印象だし、あなたもそれ以上失敗しないわ。

098
親孝行をする 274
親の干渉なんてウザいわよね。こっちはもう大人なんだもの。でも、いつか、先に亡くなるのよ。最後に呼ぶのは、きっとあなたの名前ね。

099
お金より人を大切にする 276
ええ、お金は大事よ。でも、それ以上に私はあなたの隣が好き。あなたがいなかったら、こんなに幸せじゃないわ。

100
別れがあなたを成長させる 278
一番嫌いな言葉？　「さよなら」かしらね。これ以上私の成長を見てもらえないなんて悔しいわ。いつかは追い越して、認めてもらいたいのに。

カバー・本文デザイン　bookwall
カバー・本文イラスト　ワカマツカオリ
執筆協力　永野牧

第1章

人としての「基本」くらい身につけなさい

初対面は見た目が10割

初対面の印象なんて、見た目が100%よ。**あなたのように中身がない人でも、**どうにかなるんだから。

#ドSな言葉　#初対面に全力を尽くす
#中身がなくてもなんとかなる

そりゃね、あなたは中身も陳腐だし、ハッタリを張れるほどの度胸もないし、弱虫だし、何かと迷惑はかけるし、ゴキブリはキャーキャー言って怖がるし、役に立つなんて口がさけても言えないわ。

だけど、そんなこと、初対面じゃわからないのよ。もしあなたが、ヘアスタイリストにお願いして、その不細工な顔を悪くない雰囲気にしてもらって、おしゃれなスーツを着て、よく磨かれた皮の鞄と靴を身につけていて、ついでにホワイトニングした白い歯を見せて微笑《ほほえ》んだら？

ほらね。相手のあなたへの印象はきっと１００点。まあ、ちょっと背が低い分を差し引いて、95点ってところかしら。

ね、初対面の印象ってすごいでしょ。ダメダメなあなたが95点よ。そんな高得点、今まで取ったことある？

これでわかったでしょう。初対面に気合いを入れても入れすぎるってことはないわ。着飾ってでも、見た目は１００％のあなたを見せるのよ。

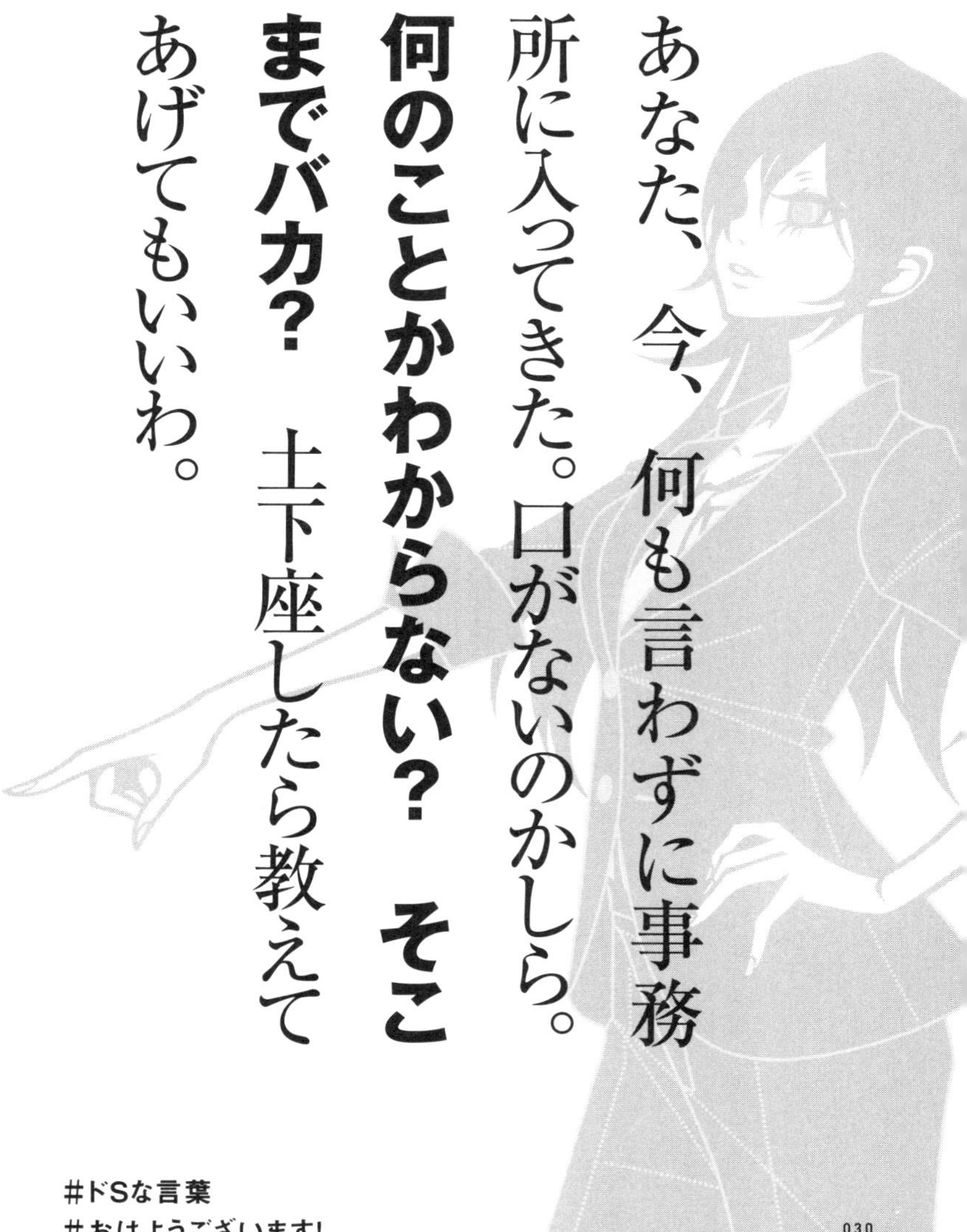

あなた、今、何も言わずに事務所に入ってきた。口がないのかしら。**何のことかわからない？ そこまでバカ？** 土下座したら教えてあげてもいいわ。

#ドSな言葉
#おはようございます！

ちょっと、マジで？　そんなところから教えなきゃいけないの？　使えない人を雇ったのねぇ。何のことかわからない？　あなた、今までどうやって暮らしてきたのよ。そうか、バイトもしたことない、親のすねかじりの世間知らずだったわけね。しまりのない顔をしてるはずだわ。

あなたは何にもできない新入り。そんな人が唯一できることは何だと思う？　それは、人と人とが関係する上での基本の基本、あいさつよ。

よくわからないって？　あなた本当に能無しなのねぇ。考えてみて。知り合いに会ったら「こんにちは」とか「久しぶり」とか言うでしょ。それもあいさつ。いきなり会話に突入したことなんてないはずよ。あいさつなしには会話も始まらないの。もし、あいさつの後にひと言何か付け加えられたら完璧ね。

わかったら今から実践よ。「おはようございます。マヤさん、今日もキレイですね」。はい、復唱して。

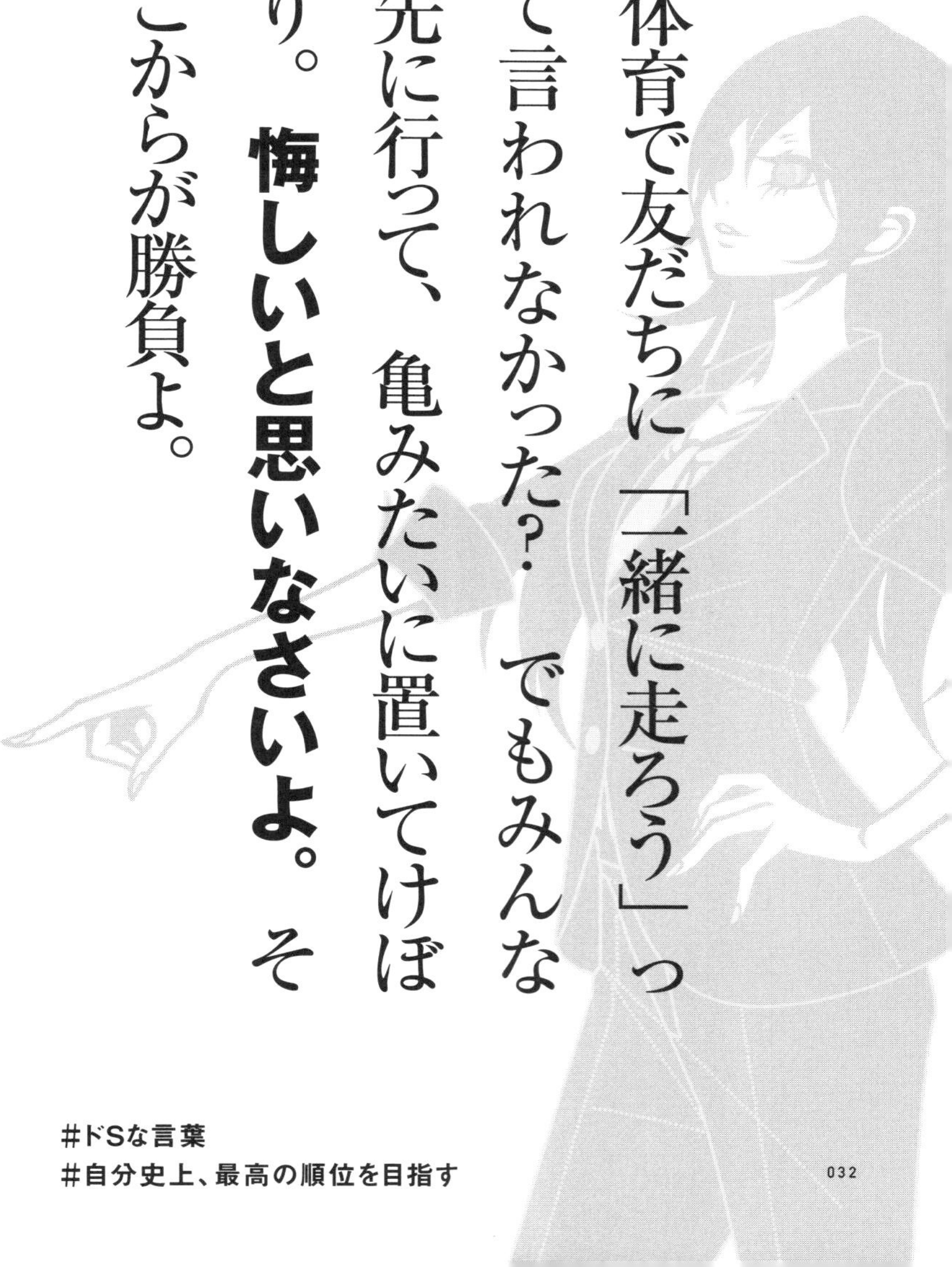

体育で友だちに「一緒に走ろう」って言われなかった？　でもみんな先に行って、亀みたいに置いてけぼり。**悔しいと思いなさいよ。**そこから勝負よ。

#ドSな言葉
#自分史上、最高の順位を目指す

あなた、マラソン大会で友だちに「一緒に走ろうぜ」って言われたタイプでしょ。それで安心して「おう」とか答えてたわよね。

情けないったらありゃしない。

そんなことを言う人はたいてい、「行ける」と思ったとたんに、あなたのことを置いていく。だって自分の才能がわかってるもの。あなた、口車に乗せられてるの。相手はね、あなたが自分より遅いって知ってるし、走り出したらまわりを見て、いけそうかどうか判断できる。つまりね、勝ち抜けるアタマがあるのよ。そして自分の最高を尽くすわ。

あら、悔しい？　へーぇ、悔しいのね？　じゃあ、追いかけてみなさいよ。死ぬ気で走ってみなさいよ。

もしあなたがその人にまでたどりつけたら、これまでのあなたの中で最高の順位になるんじゃない？　だとしたら、その人に感謝しなきゃね。ま、そこまでいけるかどうか、これからが勝負だけど。

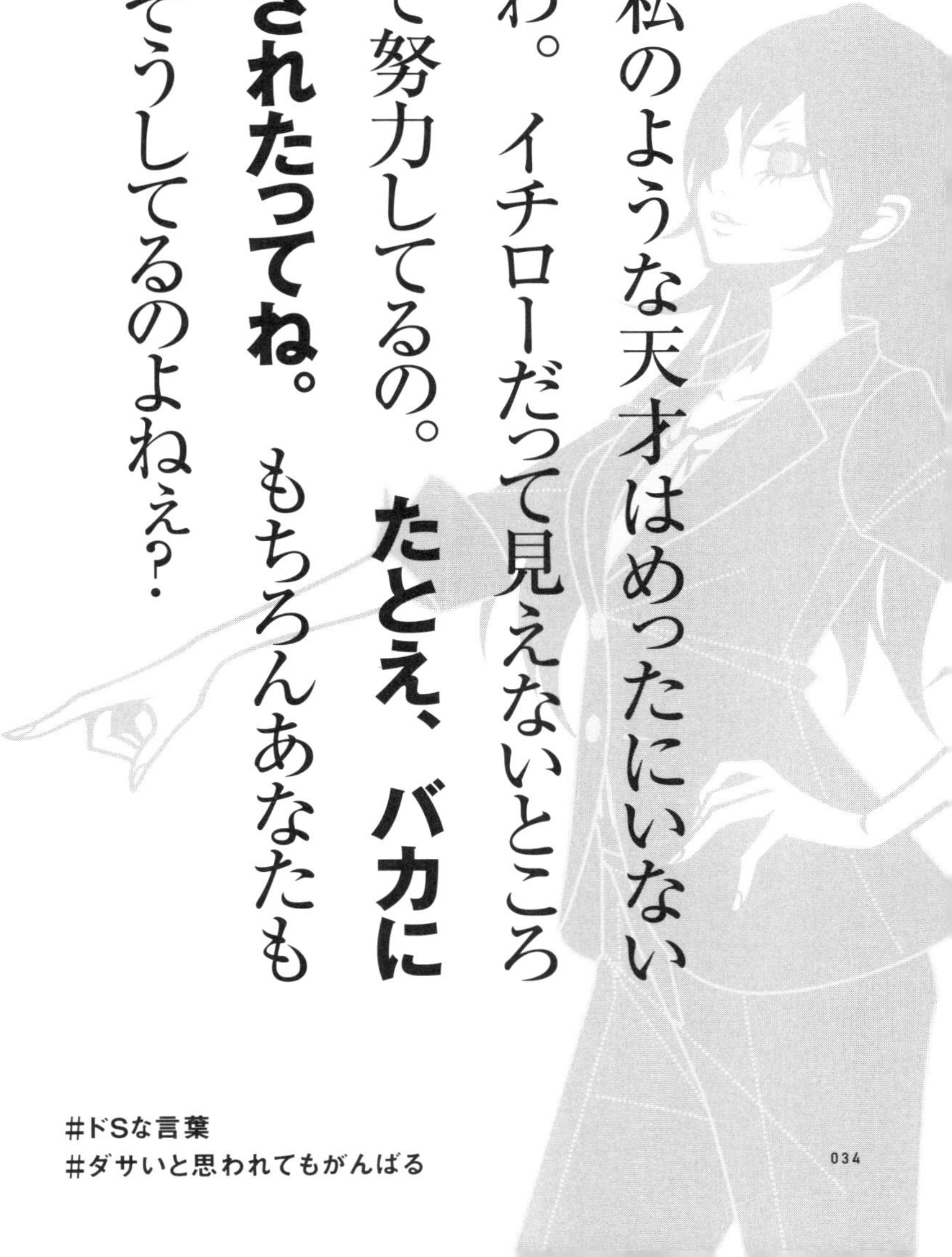

私のような天才はめったにいないわ。イチローだって見えないところで努力してるの。**たとえ、バカにされたってね。**もちろんあなたもそうしてるのよねぇ？

#ドSな言葉
#ダサいと思われてもがんばる

そうよ、私はなんでもできる天才よ。でも世の中に天才とか一流とか言われる人が他にいることも知ってるわ。

例えばイチロー。日本でもアメリカでも記録を出し続けてるでしょ。あなたは彼のことを手の届かない天才だと思ってる。だけどね、40歳過ぎても結果を残せるって、どういうことかちゃんと考えたことある？　あら、わかったのね。少しは脳ミソがあるみたいね。

そう、努力しているからよ。イチローって、元々ドラフト4位で、彼より評価されていた人もたくさんいるのよ。それが今や全世界が知る有名選手。本人は飄々《ひょうひょう》とした顔をしてるけど、ここに来るまでどれだけ努力したことか。

あ、今胸がズキって痛んだでしょ。じゃあ向上心はあるのね。ねぇ、ドラフト4位だって世界の選手になれるのよ。あなたもいいかげん本気の努力みせなさいよ。

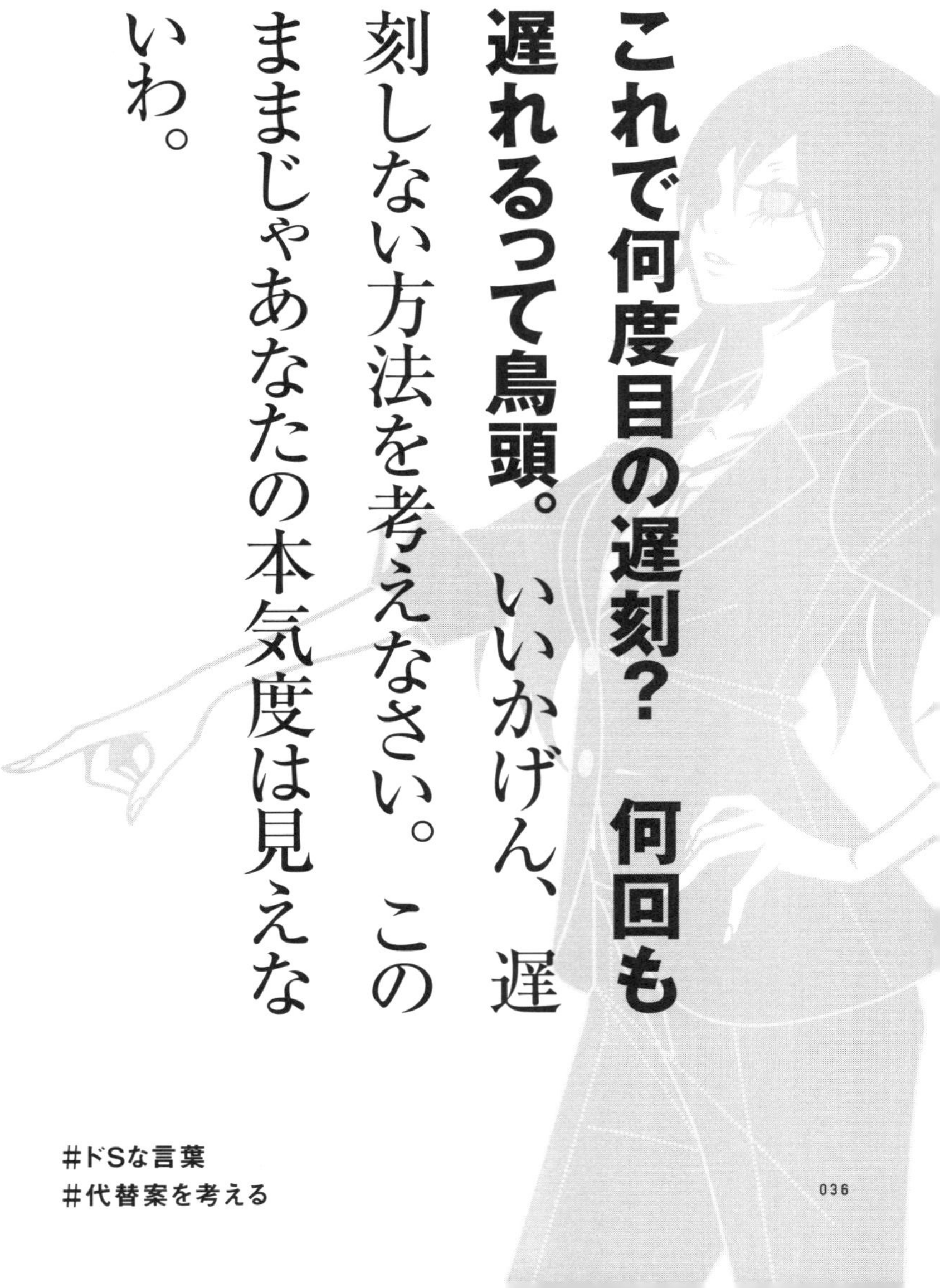

これで何度目の遅刻？　何回も遅れるって鳥頭。いいかげん、遅刻しない方法を考えなさい。このままじゃあなたの本気度は見えないわ。

#ドSな言葉
#代替案を考える

まあ、仕方ないわ。あなたにそれだけの能力しかないんだし。……とか言うわけないでしょ。言い訳ってね、「自分は何ものにもなれないただの人です」って言ってるようなものよ。避けられる遅刻を避けないのも同じ。みんな言い訳をして逃げるの。でも、あなたはそんな逃げるだけのモブキャラでいいの？　掃いて捨てるほどいるゴミとして扱われていいの？　もちろんその程度じゃないわよね。

本当に無理だと思ったら、できるための手段を相手が嫌がるほどたくさん見つけなさい。それを実行するかどうか、相手にゆだねればいいのよ。もしかしたら、相手が「できない」って言うかもね。そうしたら、そんなつまんない相手のことはモブキャラだ、ゴミだって思えばいい。

あなた、すっごく頭の回転が速いし、センスもあるし、見所はあるのに言い訳だけが余計ね。できないと思った時は、ほんの１００個くらい、代替案を出せばいいのよ。ま、やるかやらないかはあなた次第だけどね。

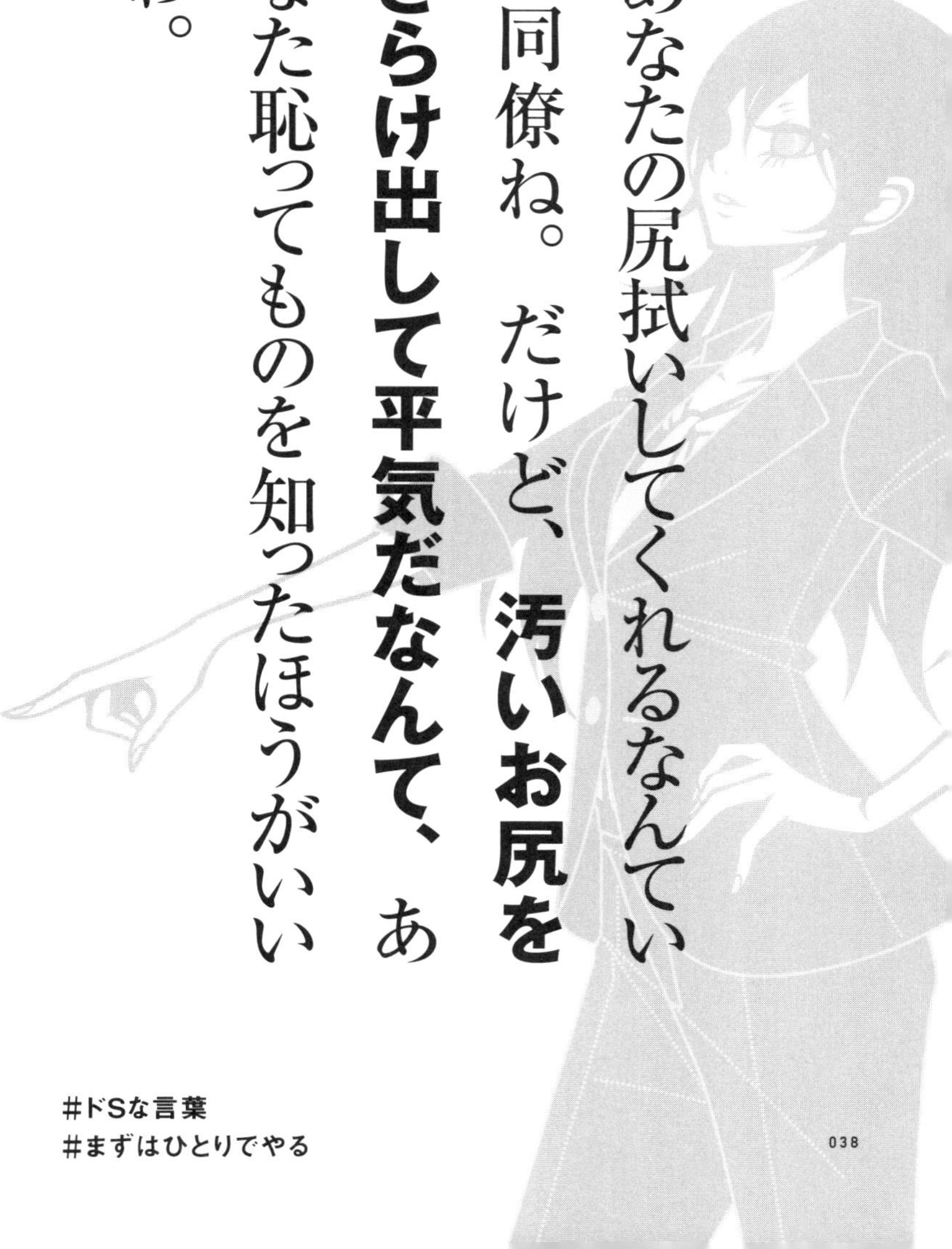

あなたの尻拭いしてくれるなんていい同僚ね。だけど、**汚いお尻をさらけ出して平気だなんて、**あなた恥ってものを知ったほうがいいわ。

#ドSな言葉
#まずはひとりでやる

聞いたわよ。また仕事の失敗を同僚に助けてもらったんですってね。まったく、これで何回目？　ほんっと見苦しいわ。社会のゴミならぬ、会社のゴミね。1回焼却炉で焼かれてきなさいよ。ううん、1回じゃ済まないかもしれないわね。だってこれからも、失敗するたびにその同僚に助けてもらうつもりでしょ。その下卑《げび》た考えが見苦しいって言ってんのよ。あなたは今、単なる汚物。まわりにもいい迷惑でしょうね。

気づいたなら、早くなんとかしなさいよ。いい？　会社はね、あなたに力があると判断したから採用したの。人事は毎年、何百人、何千人と会うのよ。そんな人事が雇用すると決めたんだから、あなたには力がある。それを信じないでどうするの。

まだ同僚に頼っていい段階じゃないわ。まずはひとりでその仕事を片づけなさい。きちんと最後までよ。そうしたら、最低でも歩く公害にはならずに済むわね。それができれば、きっと伸びるわ。

上司に叱られるのなんて当たり前だわ。**指示を待ってる間は、でくの坊だもの。**本気で取り組む人なら、何か言われる前に行動するものでしょ。

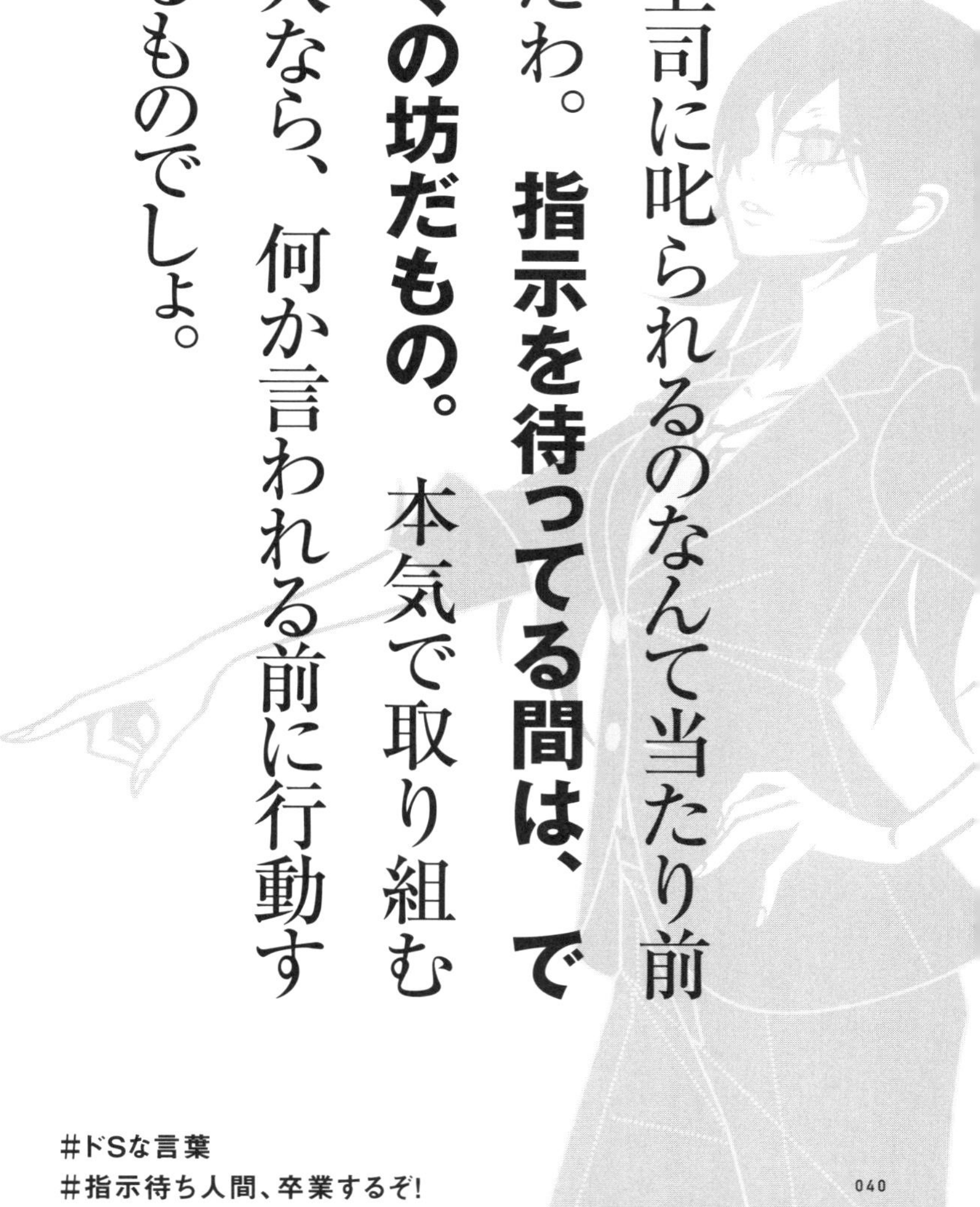

#ドSな言葉
#指示待ち人間、卒業するぞ!

あなたって、小学校とか中学校の頃、いつも列の一番最後にいたでしょう。みんなについていけばいいもんね。後ろから見てれば、次に何をすべきか、考えなくてもわかるから。試験も同じ。先生に言われた範囲の勉強だけしておけば、よっぽど悪い点数は取らなかったんでしょう。受験は？それも親か先生の勧めるがままに志望校を決めたんじゃない？

そして順当に社会に出てきました。その途端、怒られる怒られる。でもあなた、どうして怒られるのか、わかってないんじゃない。

社会に出たらね、列なんてないの。みんなバラバラだから、追いかける背中もない。最初は教えてくれるかもしれないけど、そのうちあなた自身しかいなくなるのよ。自分で考えて、自分で動く。これがあなたの今の生きている社会。あなた、採用試験の時、何事にも積極的に取り組むのが信条です、って言ったんですってね。その通り、人に決めてもらうだけのつまんない人生から早く脱却しなさい。

がんばったわねえ、なんてこの程度じゃ言わないわよ。**一度くらい全力を出しなさい。**そしたら褒めてあげてもいいわ。

#ドSな言葉
#全力で本気を見せる

このプロジェクトの企画書を作るのに6時間かかったんですってね。がんばったわねぇ、あなたにしては。見せてくれない？

……あら、ここもあそこも論理が通ってないわよ。ねぇ、マジでやってんの？　私が一目見たくらいでアラが出てくるんだもの、そんな未完成なモノを上司に持っていったって、鼻で笑われるだけね。

集中していないのがバレバレなのよ。これ、あなたの出せる力の半分以下だわ。もしかして取引先にあいさつした時にフランクだったから、相手を説得するくらいならこの程度でいいって軽んじてるんじゃないの。

軽率すぎるわっ！

人の本気ってね、相手がバカでも頭がよくても伝わるの。そして本気で作ってきた情熱を一番信じるし、そういう人と仕事をしたいと思うのよ。

でも私、あなたのことダメだとは思ってないわよ。だから今回くらい私の顔を立てて、全力でやんなさいよ。そのくらいの貸し、あるわよね。

結果を出せなかったからって、そんなに落ち込まないでよ。別に落ち込んだままでもいいけど、**そんなんじゃ魅力ゼロね。**

#ドSな言葉
#落ち込まない

「いつも元気で素敵ですね」？

バッカじゃないの。この世界の誰が「いつも元気」でいられるのよ。よく考えて。人間誰しも落ち込んだり、ムカついたり、蹴り飛ばしたくなったりするでしょ。反対に、道ばたの花に気づいたり、妙に家族に優しくしたくなったり、ふわふわの動物を抱きしめたくなったりもする。落ち込んでるあなたと優しく元気なあなた、どっちが本当のあなた？

ヒャッヒャッヒャッヒャッヒャ。あなた本当にバカなのね。真剣に考えちゃって。え、答えを教えてほしい？　しょうがないわね。

それはね、両方。人間って奥が深いの。じゃあ、どうやったら行動できるかって？　やる気よ。やる気を保つためにはどうしたらいいか？　決まってるじゃない。いつもポジティブでいること。その心を持っていれば、成功の半分は決まったようなものなんだから。私に怒られるのも楽しみなさい。あ、それは元々だからいいのかしらね。

パーフェクトな人間なんて私くらいよ。あなたはどうせ一生未完全。でも1の才能を努力で補えば10は無理でも8くらいになるでしょ。

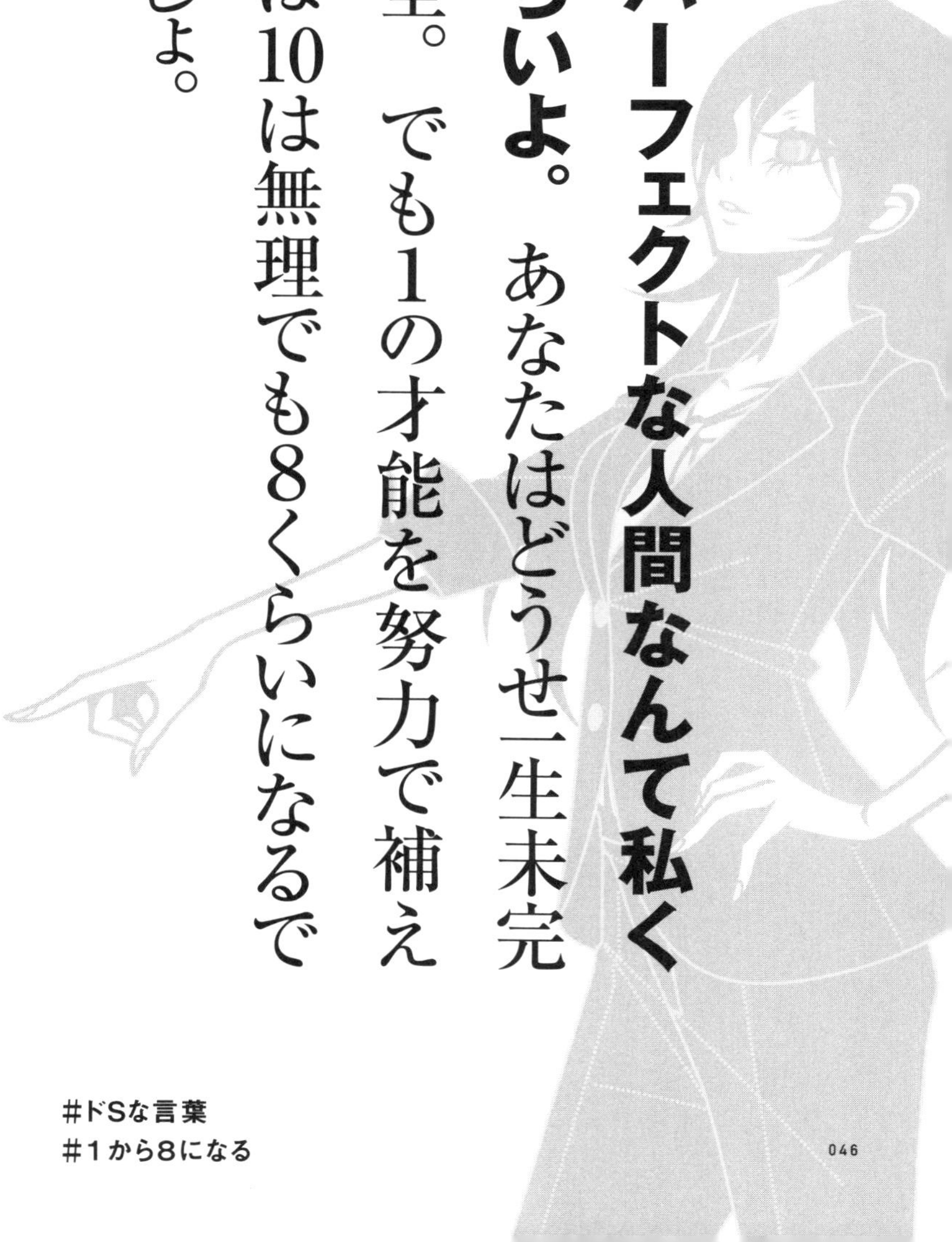

#ドSな言葉
#1から8になる

エジソンの名言、知ってるわね。「天才は1％のひらめきと99％の努力」。それって要は、エジソンも自信がなかったってことよ。だってひらめきなんてたいてい誰でもできるでしょう。でも、彼は99％努力することで、後世に知られる発明家になったのよ。

つまり、エジソンはがんばらなくてもできるなんて思ってなかった。「必ず俺はひらめくんだ」と自信を持って努力を続けたのよ。これは誰でも同じ。努力できるかどうかを分けるのは自信を持ってるかどうかってことね。才能を持ってる人でさえ、無理にでも自信をねつ造して、努力するのね。

それで、あなたはどんな才能を持ってるわけ？　え、一つもない？　あなた、よっぽど自分のことを知らないのねぇ。よぉーっく考えてみなさいよ。子どもの時から得意だったことはなかったのかしら。親や先輩、上司に褒められたことは？　あるでしょ。ほら、褒められるくらいの才能はあるんだから、自信を持って努力すればいいのよ。

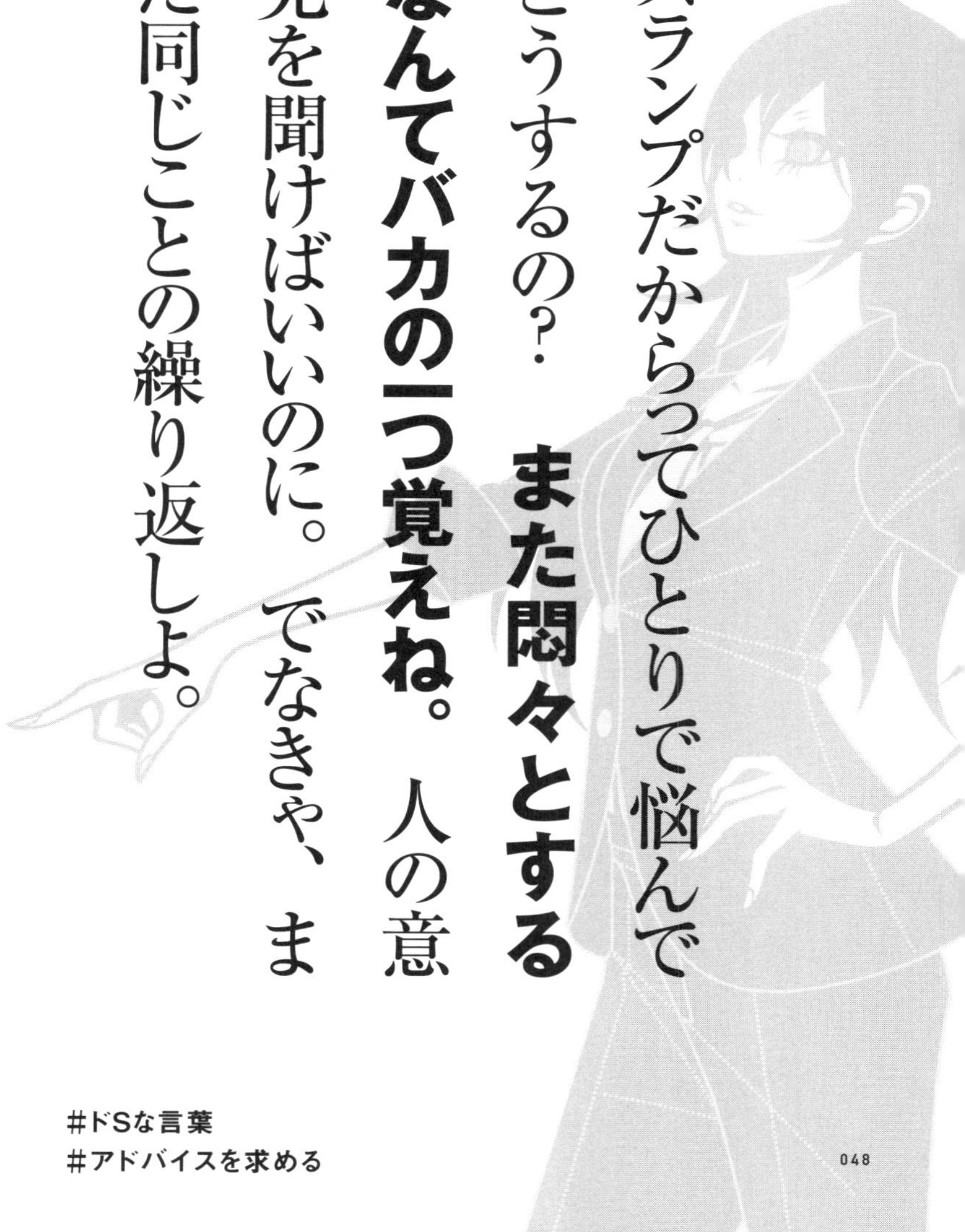

スランプだからってひとりで悩んでどうするの? **また悶々とするなんてバカの一つ覚えね。** 人の意見を聞けばいいのに。でなきゃ、また同じことの繰り返しよ。

#ドSな言葉
#アドバイスを求める

早く言ってよ、あなたがこの仕事に壁を感じてるなんて知らなかったわ。なぁに、私じゃ力にならない？　失礼ねぇ。私ほど優秀な人間はいないってもう知ってるでしょ。優秀だから理解してくれないと思ったって？　バカの考えることはゴミすぎて訳がわからないわね。

でもねぇ、私以外の「優秀」って言われる人なんて、実はツッコミどころ満載なのよ。今度冷静に観察してみなさい。意外と人に頼っているの。もちろん自分でできることは自分でしてるけど、困ったところは人に意見を聞いてるのよ。実力者に見えても、ひとりで全部やってるわけじゃない。もちろん、全部頼るなんて論外だけどね。

あなたがすべきことは、まずよく聞くこと。それでもし、芯が通ってない部分を見つけたら論破すればいい。ま、あなたにそれだけの力があれば、だけどね。練習すればなんとかなるかもしれないわ。観察力って磨けるから。練習、付き合ってあげてもいいわよ。

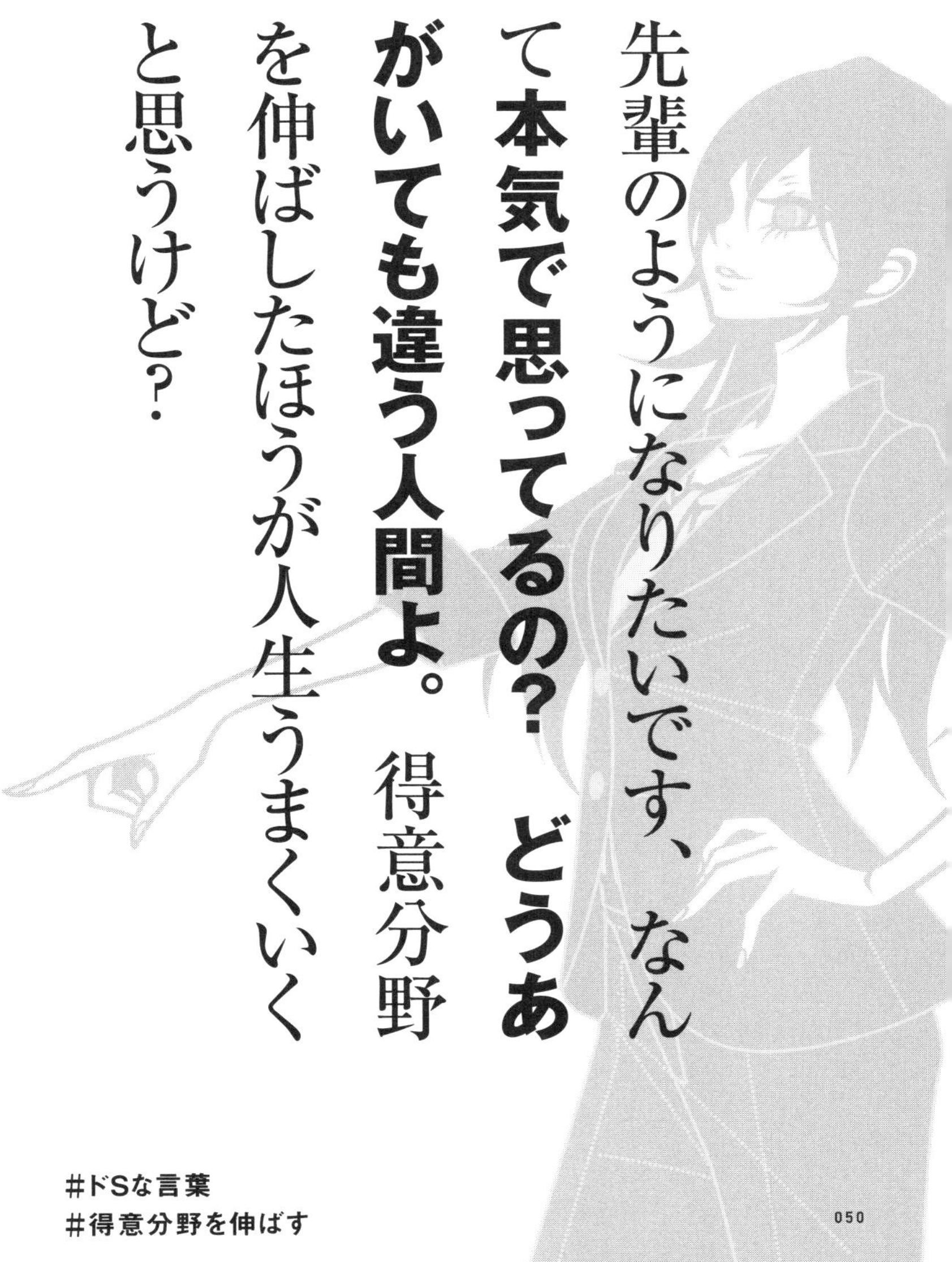

先輩のようになりたいです、なんて**本気で思ってるの？ どうあがいても違う人間よ。** 得意分野を伸ばしたほうが人生うまくいくと思うけど？

#ドSな言葉
#得意分野を伸ばす

今、スランプなんですってね。何をやってもうまくいかないって聞いたわ。で、どうしたいの？　え、先輩のようになりたい？　本気？　バッカじゃないの？　スランプに陥るのって、あなた自身の心の作用なのよ。

スランプってね、自分の考えに凝り固まってほかの人のアドバイスを受け入れられない時になるの。要するに自意識過剰で、自信がない時ね。そういう時って、妙に焦るし、自尊心が高くなってるから、とうてい手が届かないほど優秀な先輩や憧れの人を真似しようとすることもある。そうして「できない自分」を封印させるっていう最悪のパターンにハマるのね。つまり自分自身の目すらくらませちゃうわけ。

あのね、先輩とあなたは違う人。身長も顔もカッコよさも仕事の進め方も得意分野も違うわ。先輩の不得意分野があなたの得意なことだったら？　先輩はどんなにがんばってもあなたに追いつけないでしょ。

それだったら、自分を分析して、得意分野を成長させたら？

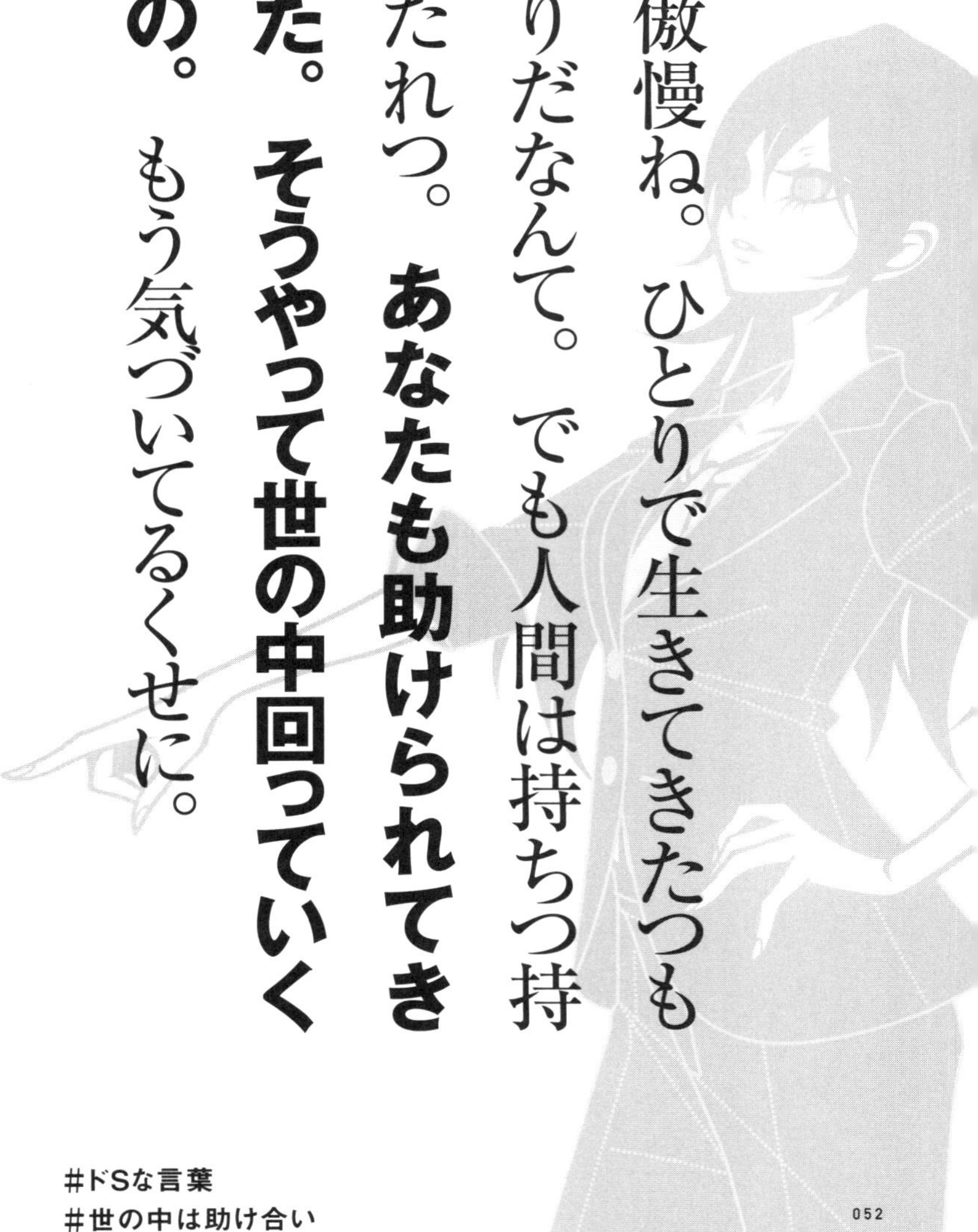

傲慢ね。ひとりで生きてきたつもりだなんて。でも人間は持ちつ持たれつ。**あなたも助けられてきた。そうやって世の中回っていくの。**もう気づいてるくせに。

#ドSな言葉
#世の中は助け合い

聞き飽きたわよ。あの仕事もこの仕事も、成功したのは全部自分ががんばったおかげだって言うんでしょ。そりゃあすごいわ。だけど、報告書も経理も先方との交渉も事務の後処理も、全部ひとりでやったの？　そこまで終わって、仕事完了なのよ。さあ、答えてみなさいよ。

あ、黙った。もしかしてやっと自覚した？　助けてもらったのもわからないなんて、自己中にもほどがあるわね。人との関係とかコミュケーションをもう一度勉強しなさいよ。関連本ならいくらでも売ってるわ。

今のあなたのままだったら、どんどん人から嫌われる。だけど仕事ができるあなたのこと、冷静になれば周りのことも見えるはず。誰がどんな風に補佐を求めているのか、それに対してうまいやり方はないか、目を向けられるはずでしょう。わかったらすぐ助けてあげなさい。それができてこそ、やっと一人前よ。あと一歩じゃないの。

傲慢な俺サマくんより仕事がうまくいくようになるし、モテるわよ。

この世で一番すごいのはね、**地味でも千里の道を行ける人よ。**道の長さにビビる前に、まずは一歩踏み出してみたら。

#ドSな言葉
#一日一歩だけでも、千日で千歩

器用貧乏って言葉があるわよね。何でもできる人って勘違いされがちだけど、本当は違うわ。単に根性のない人よ。だから色々かじってみるけど、最後まで続けず途中で諦める。そんな人ってテキトーに使われるだけで、最後は飲みかけの缶コーヒーみたいに捨てられるのよね。それで最終的には社会の最底辺に落ちていくの。器用貧乏な人って受けはいいかもしれないけど、末路はこれよ。数十年後にはどうなってるか、見ものだわね。

反対に尊敬されるのは、物事を極める人。そこまで行くのって、そりゃあ長い道よ。モノによっては、何年もやってるうちに、腰も曲がるし、皮膚も硬くなるわ。それでも自分のものにしていくだけの根性がある。気概もプライドもある。最高に満足する人生じゃないかしら。

憧れる？　いいチャンスじゃない。どんなことも、最初の一歩から。その後も迷わずに歩いていけば、それなりのところまではいけると思うけど、あなた、どうしたい？

執念を持つ

物事、「絶対」なんてありえないって言うけど、**絶対って思ってないとたどりつけないところもあるわよ。**知ることができて良かったわね。

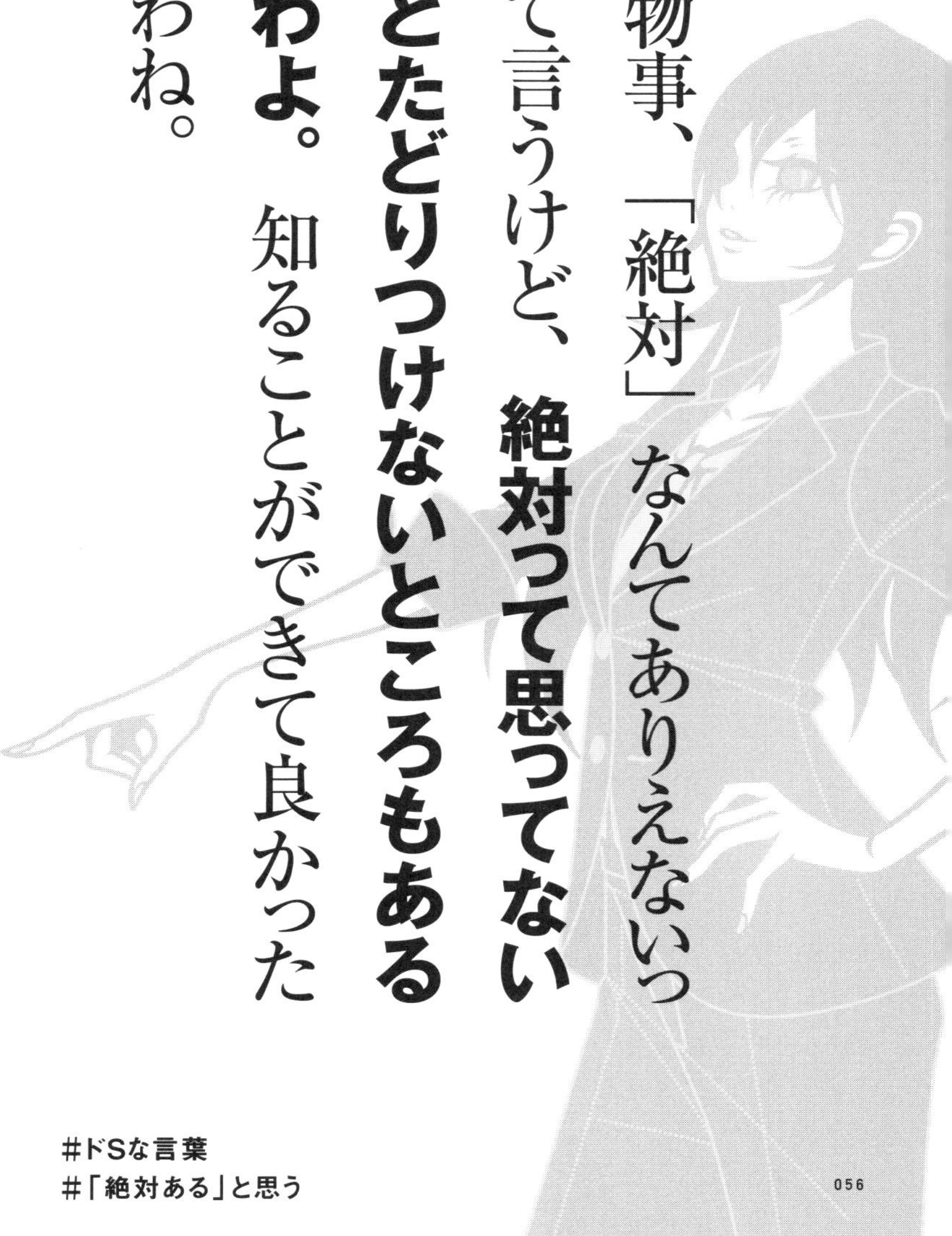

#ドSな言葉
#「絶対ある」と思う

子どもの頃「絶対」って言葉は使わないように言われなかった？　そりゃあそうよね。だって未来のことなんてわからないもの。あなたの意見も変わるかもしれないし、周りだって、あなたの味方になったり敵になったり。そうやって考えたら、たしかに「絶対」なんてないわよね。

とはいえ、例えば登山経験のないあなたがエベレストを登れって言われたら、皆「絶対に無理」って言うでしょうね。誰も期待しない。バカにする人もいるかもね。

でも、それってほんとにほんと？　今は無理でも、登山について学んだり、きちんとトレーニングをしたら、意外と登れるかもしれないわ。だって、これまで何人もの人間が登ってきたのよ。みんな「絶対に登り切る」と疑わなかったはず。素人含め何人も成功してるのよ。ねぇ、「絶対」って「必死になる」と似ていると思わない？　必死になってしか行けないところってあるのよ。そこにたどりついた時の気分は最高でしょうね。

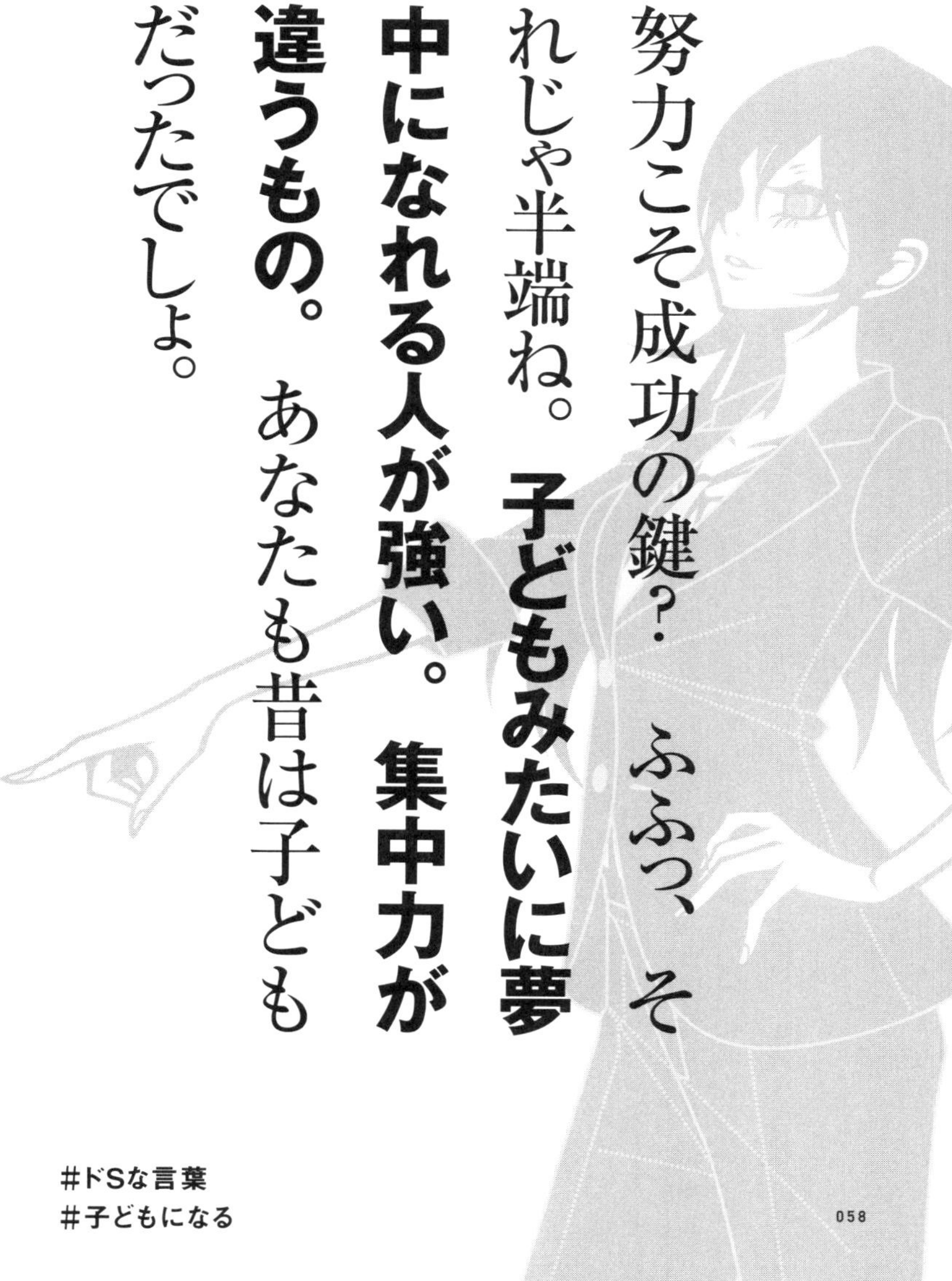

努力こそ成功の鍵？　ふふっ、それじゃ半端ね。**子どもみたいに夢中になれる人が強い。集中力が違うもの。**あなたも昔は子どもだったでしょ。

#ドSな言葉
#子どもになる

努力ってある意味、楽よね。目の前の仕事に一所懸命従事していればなんらかの成果が付いてくるもの。人によっては時間はかかるかもしれない。だけど、かならず結果が出る。わかってるから、みんな努力するのね。

でも、努力じゃ絶対に勝てない人がいる。9時17時でしか働いていないのに、しかもいつも楽しそうなのに、残業までして努力している自分より良い結果を出す人たちよ。

あのね、そういう人たちは単に夢中なの。努力なんてムダな力を使ってないの。夢中になったら努力なんて必要ないわ。苦労ゼロで色んなことをすぐに覚えるし、次の案だってたくさん浮かぶのよ。

自分はもう子どもじゃない、ですって？

あなただって子どもの頃にフィギュアとか模型とか集めてたでしょ。名前に衣装、パーツの名前だって細かく覚えてた。ねぇ、あなたは夢中になれる人よ。それを思い出してちょっとくらい仕事に活かしてみたら。

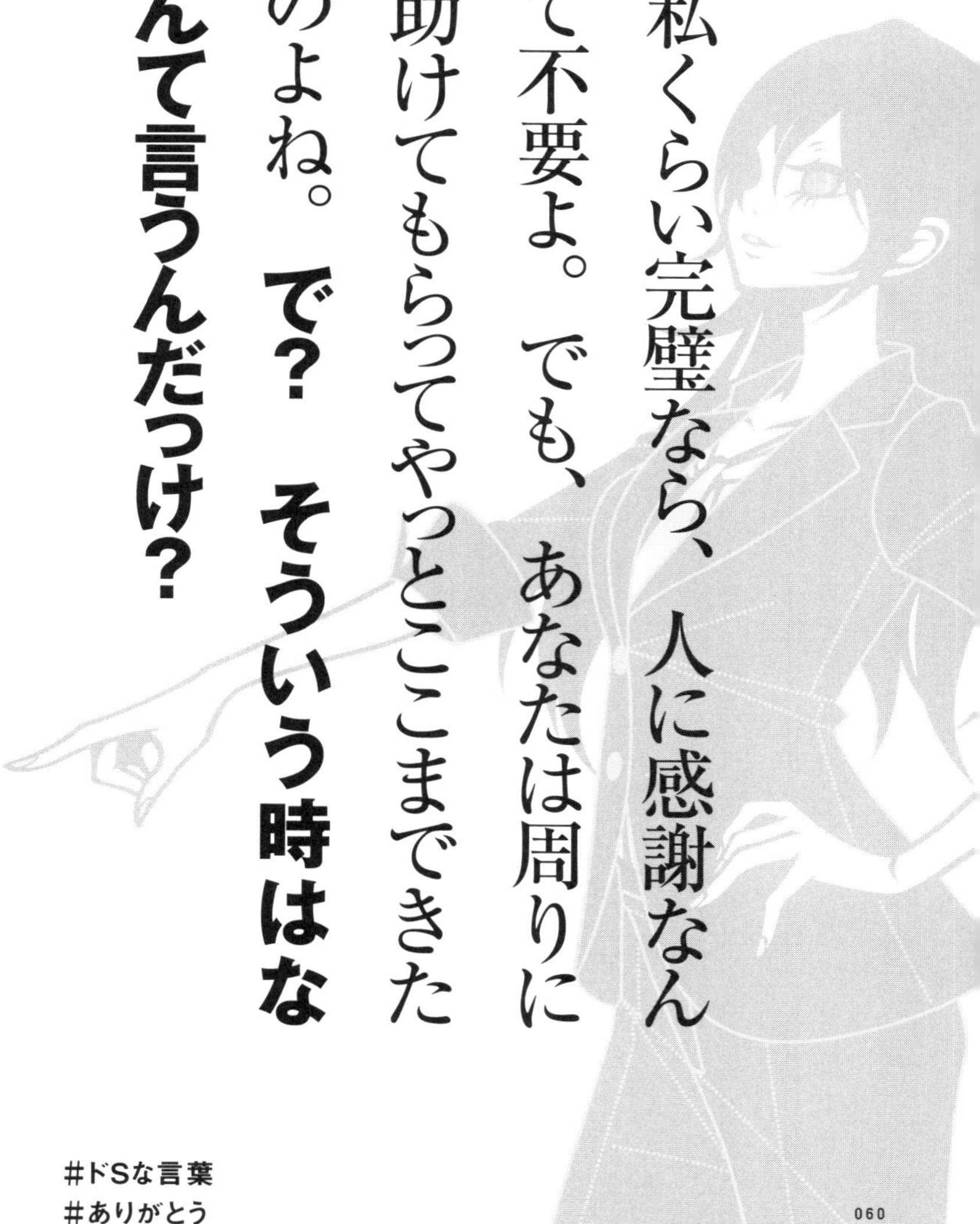

私くらい完璧なら、人に感謝なんて不要よ。でも、あなたは周りに助けてもらってやっとここまできたのよね。**で？ そういう時はなんて言うんだっけ？**

#ドSな言葉
#ありがとう

人間関係をうまくいかせるには便利な方法があるの。それは感謝よ。それも心のこもった感謝。

あなた、いつも自分の成果を自慢するけど、本当はわかってるのよね。いっつも飲み会で言ってるじゃない。周りがいなかったらここまでこられなかったって。でも恥ずかしいからシラフじゃ口にできないの。ま、そういう人もたくさんいるから、珍しくも何ともない。でも、そんなあなたにどうかと思ってることが一つあるのよね。子どもの時に教えられたでしょう。何かもらったり親切にされたら、「ありがとう」って言うんじゃなかったっけ？

この言葉って不思議でね、相手も嬉しくなるのに、自分もほっこりするの。人の役に立ってみたら、「ありがとう」って言われる人の気持ちがわかるかもね。ちなみに、「ありがとう」って最初に言う相手は、忠告してくれる人よ。それ、誰だと思う？　ほら、早く言いなさい！

泣く子と地頭には勝てぬ殺人事件　第1部

某月某日、正午十二時。

都内某所。

現場は寂れた路地に建つ雑居ビルの一室だった。周囲は薄暗くて昼間でも人通りがほとんどない。随所に亀裂が走り煤《すす》ばんだ外壁が日陰になじんでいる。

事件の一報が入った時、代官山脩介と浜田学、そして黒井マヤはたまたま現場近くにある昔ながらの定食屋「キュイジーヌ・ドゥ・エトランジェ」でランチの行列に並んでいた。マヤがどうしても現場に行きたいと言い出すから、ランチをあきらめて三人で駆けつけたのだ。

別に捜査が目的ではない。殺人死体はマヤの大好物。彼女はランチより死体見物を優先したというだけのこと。いつものことである。

雑居ビルの名前はトウカイタワー。トウカイなんて縁起でもないし、たかだか五階でタワーと名乗る図々しさに思わず失笑する。そのわりに建物は陰気くさくて、心霊スポットにありがちな廃墟ビルといった趣だ。エントランスをくぐるとカビの臭いとともにヒヤリとした空気が肌を撫でる。この時点で妙な胸騒ぎをおぼえた。

物件は大して広くもない建物で、ワンフロアに一軒ずつ入居できるようになっている。代官山たちのいる部屋は二階。四階に「ヤブ歯科」という絶対にかかりたくない歯科医院が入っているが、あとは空室だ。

十二畳ほどの部屋の真ん中に大きめの事務用デスクがひとつ。その上に一人の男が突っ伏していた。

「こんなの五十点……いいえ、四十五点だわ」

男を眺めながら不満そうに言った。近隣の派出所や所轄署から駆けつけた警察官が訝《いぶか》しげな目でこちらを見つめている。代官山は咳払いをしてマヤの腕に肘をぶつけた。

「死体を採点するのは止めてくださいよ」

彼女は死体を見ると真っ先に採点をする。死体の表情やポーズ、血のりのデザイン、殺人の手口、現場のオブジェや調度品などなど殺人現場に対する美意識は高く、それだけに辛口だ。

そんな彼女の父親は警察庁次長である黒井篤郎。警察組織において警察庁長官に次ぐ地位であり代官山たちヒラの刑事からすれば雲上人だ。上意下達が徹底した警察組織に置いて階級は絶対である。さらにこの父親、娘にはからきし弱いときてる。彼女を怒らせるようなことがあれば次の日には絶海の孤島の駐在に飛ばされてしまう、というもっぱらの噂だ。だから一課長や刑事部長ですら彼女をまるでオードリー・ヘップバーン本人のように扱う。警視庁のドS刑事と呼ばれる異名も伊達ではない傍若無人ぶりの彼女とコンビを組んで早二年。最近、やっとマヤの扱いになれてきた……かなと思い始めているが、それは勘違いだと思い直すこともしばしばだ。

「六十代といったところですかね」

浜田の見立てに代官山もうなずく。

白髪交じりの髪にメタボ気味の体型。黒縁のメガネをかけていて、白いシャツの上にねずみ色のジャケットを羽織っていた。定年退職して間もない男性といった印象だ。先に駆けつけていた刑事が被害者の財布を調べていた。中には運転免許証が入っており名前は東海林晶之、年齢は六十七歳、住所は世田谷区下馬三丁目とあった。免許証の写真の顔とも一致している。

「ガイシャ(被害者)は千羽鶴でも作っていたのかな」

デスクの上では大量の折り鶴が山を作っている。部屋の片隅には大きめのゴミ箱が置いてあり、中にはつぶされた折り鶴で埋めつくされていた。さらに床にも大量に散乱していて足の踏み場に困るほどだ。

そしてデスクのすぐ近くに事務用の椅子がひとつ置いてあり死体のほうを向いていた。他にも誰かがいたのだろうか。

「これといって外傷はないわね」

マヤがつまらなさそうに死体に顔を近づけた。

「殺人じゃなくて単なる病死じゃないですか？」

代官山が言うと彼女はスクリと肩をすくめる。

死体の第一発見者は出前そば屋に勤務するアルバイトの青年だ。注文されたそばを届けにこの部屋に入ったら男がこの姿だったという。おそるおそる確認してみたが脈も呼吸も認められない。すぐに青年は警察に通報したというわけだ。彼の証言によると部屋は男性ひとりだけで他には誰もいなかったという。一番で駆けつけた派出所の警察官によれば、このビルに防犯カメラはひとつも設置されていないという。これでは事件だったとしても犯人の出入りを確認できない。

「詳しい死因は解剖でわかるだろうが、心臓麻痺といったところかな。外傷もなければ争ったような形跡もない」

最寄りの所轄署から駆けつけた年配の刑事が言った。たしかに現場を見渡す限り、これといった事件性は窺《うかが》えない。

「黒井さん、残念でしたね。事件ではなさそうですよ」

代官山は少々意地悪をしたい気分だった。彼女のわがままにいつも振り回されているのだ。

「だからあなたはいつまでたってもうだつが上がらないのよ」

マヤは腕を組むと蔑むような瞳を向けた。漆黒の長い髪に、光すらも吸収してしまいそうな黒い瞳。肌は陶器のようになめらかで、ぼんやりと乳白色の輝きを帯びているように見える。相変わらずその美貌には見惚れてしまうが、死体を前にするとその美しさと色気がさらに匂い立ってくるからタチが悪い。

「まさかこれが殺人だと言うんですか」

代官山は腕を広げてみせた。殺風景な室内にはデスクがひとつ、椅子がふたつ、大きめのゴミ箱、男性の死体、そして夥《おびただ》しい数の折り鶴の山。

マヤは死体の手を検分している。折り鶴を作るさいにできたのだろう。指には小さな切り傷が何本も走っていて、肌は荒れていた。

「捜査に思い込みや先入観は禁物だって教わらなかったの？」

「そ、それは教わりましたけど……」

刑事課に配属された当初、新米だった代官山に先輩刑事から口が酸っぱくなるほど言われている。

「『これでよし』と思い込んだ時点で人は思考を停止するわ。出世する人間はそうじゃない。どんなに良好な経過をたどっても『本当にこれでいいのか』と常に考えるわ。あなた、これは事件じゃないと決めつけて、単に楽をしたいだけじゃないの」

「そ、そんなことないっすよ！　だいたい誰がどう見ても事件性がないじゃないですか」

「誰がどう見ても？」

「そうですよ」

「あなた、ちゃんとアンケートをとったの？　誰と誰と誰がそう言ったのよ。私が知る限り、あなたとあのオッサン刑事だけよ」

マヤはゴミ箱の中身を調べ始めた年配刑事を顎で指した。

「アンケートなんてとるまでもないでしょう。ねえ、浜田さん」

代官山はマヤとのやりとりを眺めている浜田に同意を求めた。彼は東京大学卒のキャリアである。代官山やマヤよりずっと年下だが警部補なので階級的には上司に当たる。

「う、うううう……」

「どうしました？　吐きそうですか」

「だ、大丈夫です。呑み込みました」

「現場で吐くのだけは注意してくださいよ」

代官山は子どもをなだめるように言った。小柄で天使を思わせる巻き毛と妙に可愛らしい顔立ち。そしていつものように額に包帯を巻いている。昨日もマヤのデコピン攻撃を受けていた。

ドラマに出てくるベテラン刑事が纏《まと》っていそうなバーバリーのトレンチコートを羽織っているが、刑事ごっこに興じる子どもに見える。先日も現場に臨場するさいに「もう暗いからおうちに帰りなさい」と見張り番の警察官に追い返されていた。

「はぁ……ランチ抜いてよかった」

「この前はカレーをぶちまけましたよね」

あの日は被害者死体の顔の上に豪快に嘔吐して一課長にどやされた。

「あん時は姫様に腹パンチされたんですよ」

浜田はマヤを気にしながら声を潜めた。浜田はマヤのことを姫様と呼ぶ。彼にとってマヤは大のお気に入りを超えてもはや崇拝の対象である。地面に埋められようがビルの屋上から突き落とされようがヘラヘラしながら、まるで宙を舞うタンポポの綿毛のようにフワフワと彼女にまとわりついて離れない。警視庁随一のドS刑事に対して唯一無二のドM刑事だ。

さらに破滅的に使えない人材で、もはや警視庁捜査一課のお荷物となっている。先日も取調室でチンピラに凄まれて泣き出したあげく、使いっ走りにされていた。容疑者のために焼きそばパンを買いに走る刑事なんて前代未聞だ。代官山はそんな彼の子守役、さらに傍若無人なお姫様のお目付役として今の部署に配属されているというわけだ（どうしてそんなことになったのかを語ろうとすれば長くなる。詳しくはドS刑事シリーズ本編を読んでいただきたい）。

「浜田くんもただの病死だと思うの？」

マヤが浜田に顔を向けた。冷ややかな瞳で相手を見つめている。

「いいえ、僕は事件性ありだと見てますよ」

浜田は胸を張って答える。

この裏切り者っ！

仕事ができないくせにこういう時だけは調子のいいことを言う。さすがはキャリアの官僚だ。こんな人材でも将来は代官山が手の届かない存在になる。彼が警察組織を動かしていくのだ。日本の未来は大丈夫だろうかと心配になる。

「ふぅん。つまりこの人は殺されたと言いたいわけね」

「もちろんです。病死に見せかけた殺人ですよ」

浜田は自信たっぷりに答えた。

どうせ口から出任せだ。「姫様」に気に入られたい一心での発言に違いない。

「病死に見せかけるってどういう手口なんですか」

代官山は浜田に問いかける。

「そ、それはいろいろありますよ」

彼の顔色が変わった。

「へえ、たとえば?」

代官山は意地悪な気分になって問い質す。どうせすぐに馬脚を現すに違いない。

「え、えっと、えっと……犯人は被害者にたくさんの折り鶴を折らせて疲れさせたんですよ」

「はあ?」

代官山は素っ頓狂な声を上げた。「死ぬほど疲れさせたから死んじゃったってことですか」

「そ……そんな感じですかね」

浜田はキツツキのように何度もうなずきながら、少し後ろめたそうな表情で頭を掻いた。さすがに無理があると思ったのだろう。

代官山は鼻で笑った。

「で、犯人像は？」

こうなったらとことん追い込んでやろう。

「ええっと……犯人は男性、もしくは女性ですね」

「すごい、早くも犯人を二択にしぼってしまった。さすがは東大卒ですね」

「いやあ、それほどでも」

浜田はホワンとした笑みを浮かべた。

まんざらでもなさそうだ。

こいつ本当に東大卒なのか？

「年齢は？」

浜田は名探偵のように顎をさすりながらうーんとうなった。

「十代から三十代、もしくは四十代から五十代、六十代以上の可能性も捨てきれません」

「なんと！　この時点で小学生低学年と幼稚園児による犯行の可能性が否定された。これで数十万人は除外されましたよ！」

代官山はおどけながら言った。我ながら役者だと思う。

「これがプロファイリングってやつですよ。過去のデータを分析すればおのずとはじかれる推理です」

浜田は得意げに鼻の下をこすっている。

マジで日本の将来が心配だ。

「出身地はどうですか」

「可能性からいえばアジアですね。しかし欧米周辺やロシア、アフリカ、オーストラリアの可能性も捨てきれません」

「ブリリアント！　これで北極と南極の可能性が除外された！」

こんなやつが国民の血税で養われているのかと思うと、勤労して納税しているのがバカバカしくなってくる。

「見えてきましたよ、犯人像が」

浜田はまぶたを閉じながら指先をグリグリとこめかみに押し当てた。

「犯人はどんなやつなんですか⁉　一刻も早く知りたいです」

代官山は身を乗り出してみせた。

ああ、アホらし。アホらしすぎる！

「犯人は被害者になんらかの殺意を持ち、さらに警察に逮捕されることを怖れている。それは刑罰が嫌だからです。そんな犯人は義務教育を受けていて日常生活に支障が出ないレベルの教養を身につけている」

そりゃ、そーでしょうよ。

「黒井さん、浜田さんのプロファイリングはどうですか」

代官山は冷めた口調で問いかけた。

「浜田くんにしてはなかなかいい線いってるわ。少なくとも代官様なんかより想像力があるわね」

代官様――彼女は代官山のことをそう呼ぶ。いつの間にか警視庁の人間にも呼ばれるようになった。もう慣れたけど。

「そ、そうかなあ」

「ええ、そうよ。早々と自分にとって都合のいい、つまりお気楽極楽な結論をはじき出してしまうあなたよりはずっとずっとマシ」

マヤは代官山の目の前で人さし指を左右に揺らした。

「いやあ、僕なんて新米ですから。東大卒ですけど」

はいはい、こんなところでも東大アピール。

浜田から学歴を取ったらなにが残るというのか。とはいえ東大という肩書きはインパクトが大きい。

「だけどこんなのどう見ても事件性なしでしょう」

代官山が主張するとマヤはこれ見よがしに息を吐いた。

「もっと仕事に対して向上心を持つべきじゃない？」

「いやいや、俺だってそれくらいありますよ」

「そうかしら。私には犯人を舐めているようにしか見えないけど」

「犯人を舐めるって……意味がわかりませんよ」

「ねえ、五年前の狛江市一家殺人事件って覚えてる？」

「ええ、いまだに犯人が見つかってないですよね」

他の係によって捜査は継続中だ。懸賞金を出して情報を募っているがめぼしい進展には至っていない。

「どうして事件が迷宮入りするかわかる？」

「それは……まあ、初動捜査がまずかったからでしょうね」

この事件は現場に多くの遺留品や証拠物件が残されていた。本来なら即日に犯人が確保できるケースである。

「ぶっちゃけ努力が足りないのよ」

「どういうことですか」

代官山は浜田と一緒に小首をかしげた。

「いい？　事件というのは警察と犯人の真剣勝負なの。殺人ならなおさらね。犯人にとって逮捕はあってはならないことなの」

「そりゃそうでしょうね。捕まれば無期とか死刑とか極刑は免れませんからね」

「そう。だから犯人は自分に捜査の手が及ばないよう全力を尽くすわ。今後の人生がかかっているわけだから。最大限の努力をする」

「努力ですかぁ」

「あのね。悪人であればあるほど努力をするの。その情熱はハンパないわ。情熱はね、時としてミラクルを生み出すわ。あれだけの遺留品や証拠を残しながらもいまだに犯人は捕まってないでしょ」

「あんなの単に運が良かっただけじゃないですか」

「そういう発想だからあなたはダメなのよ」

マヤは呆れたようなため息をついた。

第2部（P110）へ続く

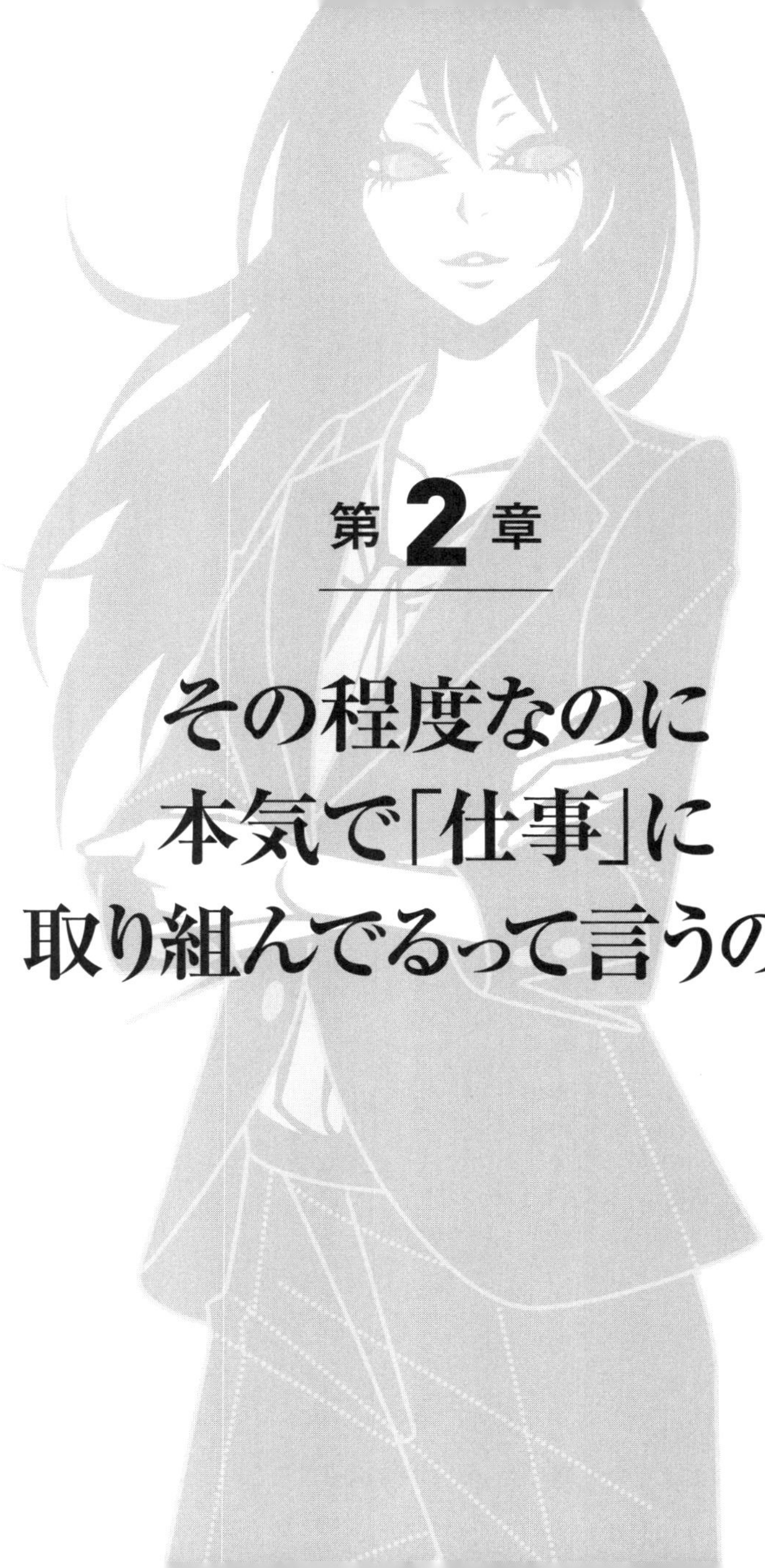

第2章

その程度なのに本気で「仕事」に取り組んでるって言うの?

「こんな仕事をするために入社したんじゃないんです」。ぷぷっ。**そのひと言で、バカを晒《さら》したわね。**

#ドSな言葉
#みんなは何のために仕事をしているの?

あなた、いい人生を送ってきたのね。県内一の進学校、一流大学、レポートも一番に出して高評価、かわいい彼女もできて。つまりお花畑の中で生きてきたんだわ。それで最後に誰もが憧れる高嶺の花の会社に入った。

でもねぇ、高嶺の花だって、近づいてみたら完璧にあなた好みってことはないものよ。葉の裏に虫がついていたり、泥臭かったりする。だって、どんな花も、切り花でなきゃ、土に埋まってるんだもの。

あなた、今の部署がイヤだって上層部に訴えたのね。簡単な仕事しか任されないから。バッカじゃないの。人のやらないことができて、はじめて使える人間として重用されるのよ。あなたは単なる会社の駒。やりたいことだけやりたいなら起業しなさい。それもわからないなんて、アリよりバカなんじゃない。会社にとってはあなたがどんな駒になるかが問題なのよ。

社員がみんな最高の駒になってこそ「高嶺の花」の会社なの。あなたもどんな仕事もソツなくこなす「最高の駒」になりなさいよ。

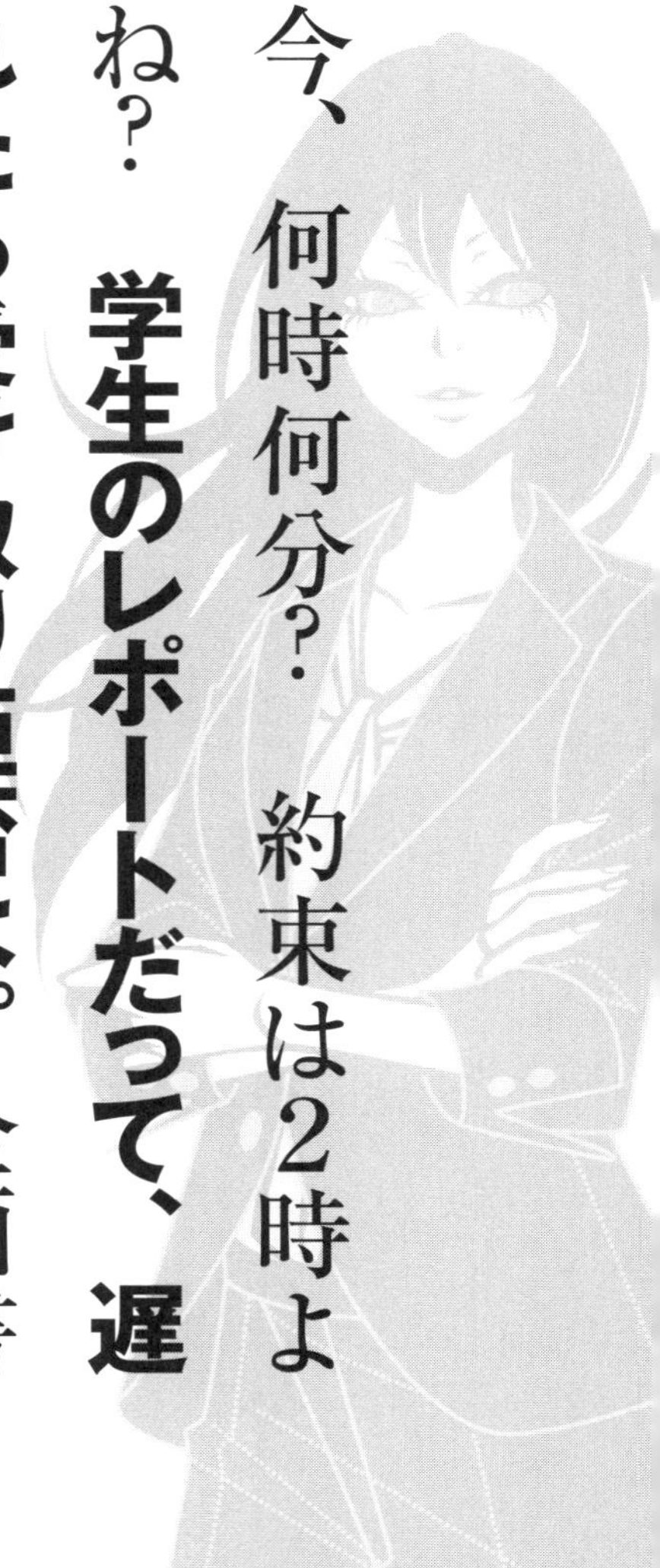

今、何時何分？　約束は2時よね？　**学生のレポートだって、遅れたら受け取り拒否よ。**企画書なら、なおさら早めに提出するもの。でなきゃ上司は読んでもくれないわ。

#ドSな言葉
#学生以下にならない

はぁぁぁぁ、あなたって世間知らずなの？　愚かね。たしかに課長から先日の展示会のレポートを出せって言われてたはずだけれど、締め切りよりこんなに遅れてしかも雑な内容で、どうやって仕事の役に立つわけ？　テキトーに書いて、テキトーに出せばいいと思ったんでしょう。これまでそれで通ってきたからね。ほんと甘ちゃん。あなたがこんなレポートをもらったらどう思う？　今回は結局課長自ら展示会に足を運ぶしかないでしょうね。つまりあなたの仕事は意味がなかったってことよ。締め切りより早く出していたら、課長だってこんな情報を書いてほしいってフィードバックできたのに。あなたは締め切りを過ぎてチャンスを捨てたの。

仕事はね、小さなところから大事なの。最初に任された時、たかだかレポートや企画書でしかないと思ってるかもしれないけど、役に立つからやってるのよ。利益を出すのが会社員の仕事でしょ。どんな仕事も意味があるの。一つひとつ責任感をもって向き合いなさい。

しっかりと報連相

あなた、今日の仕事どうだったのよ？ え？ うまくいかなかった？ それ、今言うこと？ **報連相って言葉を知らないの？ 社会人失格ね。**

#ドSな言葉
#報連相をほうれん草だと思ってた人挙手

あなた、たしか今日初めて、ひとりでクライアントのところに行ったのよね。どう、やっと仕事を任せられた気分は？　何、そのイヤな顔。え、資料が足りなくて怒られた？　見積もりの数字も間違えてたって？　昨日あんなに確認したじゃない。は？　完成前の資料を持って行った？　……最悪！　反省文１００枚よ！　今日中ね！

っていうか！　失敗したなら、すぐに言いなさいよ。報告、連絡、相談。そんなの、社会人一年生で習ったでしょう。それに、出発前に忘れ物がないかを確かめるなんて、幼稚園児でも知ってること。私、あなたのお母さんになった覚えはないわ。あら、別に泣いてもいいのよ。ほら、おしゃぶり。そこでひとりでぐずってなさいよ。

いい？　ここはビジネスの場。一番大切なのは、仕事を問題なくやり遂げる責任感なの。それには、基礎も大切。さらに言うなら、行動する前に何が起こるか予想して教えてくれれば、私もあなたを助けやすくなるわ。

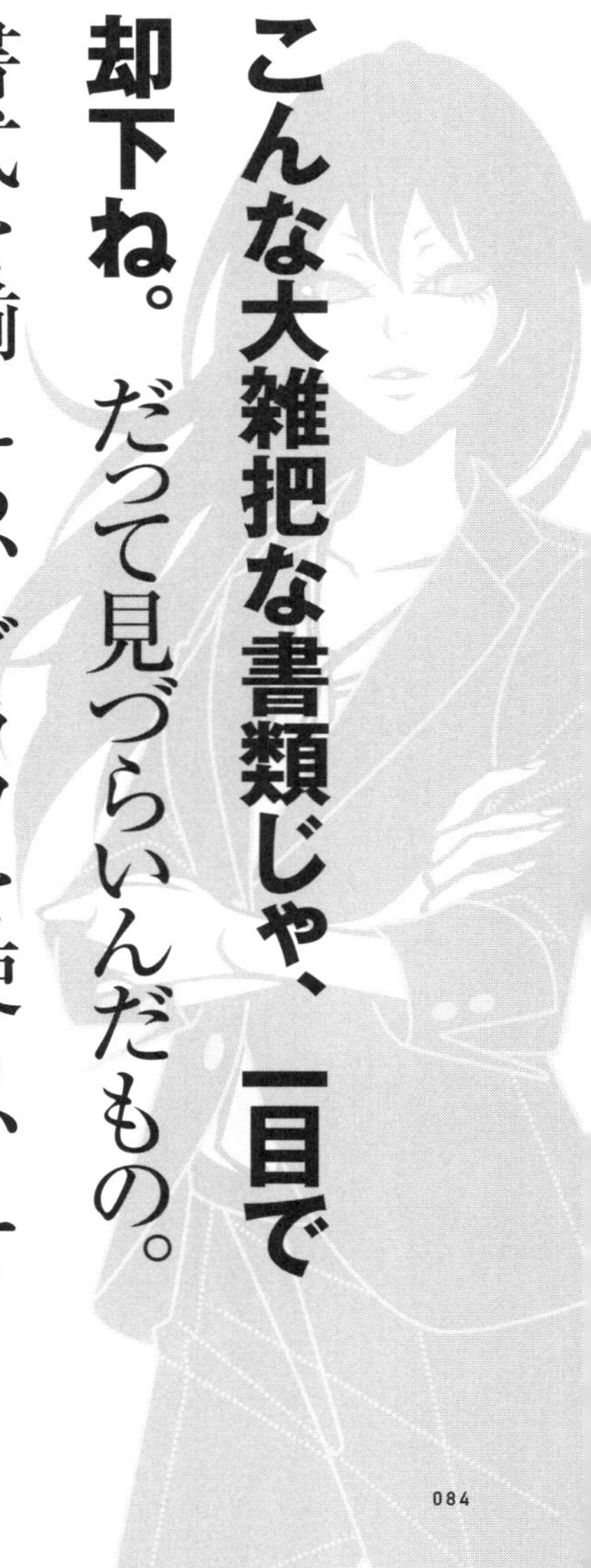

こんな大雑把な書類じゃ、一目で却下ね。だって見づらいんだもの。書式を揃える、グラフを使う、そんな工夫はどうしたのよ。伝えたかったら、まずは細かいことからね。

#ドSな言葉
#見やすい工夫をする

そのプロジェクト、実現させたいんでしょう？　中身、見たわよ。アイデアは悪くないわ。会社にも利益がありそうじゃない。だからこそ言わせてもらうわよ。それ、そのままじゃ通らないわね。上層部の人が見たら、一瞬で払いのけられる。だって資料がクソみたいなんだもの。文字ばっかり、説明ばっかりで、ぜんぜんワクワクしない。

人はね、自分の気持ちに合うものにしか価値を見出さないの。それがあなたにとってどんなに魅力的でも、相手の目にそう映らなければダサくて意味のないガラクタと同じなのよ。ええ、わかってるわ。あなた、内容には自信があるんでしょう？　それなら、プレゼン資料にもっと工夫をしなさいよ。イラストやグラフ、配布資料。細かいところを気をつけるだけで全然違うわ。資料の中身よりも見栄えが大事だと思っているバカがいっぱいいるんだから、そいつらに合わせてあげればいいのよ。そうしたら、プロジェクトの本当の価値を認めてもらえやすいわよ。

あなた、いつも愚痴ばかり。**それって自分も貶《おとし》めてるのよ。**ちょっとでも楽しもうとすれば、つまらないどぶ沼からは抜け出せるのに。

＃ドSな言葉
＃愚痴は自分の価値を下げる

知ってるわよ。暇があれば同僚を誘って飲みに行ってるんですってね。あなたのことだから、無意味な時間を過ごしてるんでしょうけど。

だいたい、そこで何しゃべってるの？　ICレコーダーで録音して、あとで自分で聞いてみたら？　どうせ、ぜーんぶ上司の愚痴だから。周りの人は聞き飽きてるし、あなたをできないヤツだと思ってるでしょうね。

だってね、愚痴を言うってことは、自分がどれだけ無能かさらけ出してることと同じだもの。言われたこともできない、仕事は後手後手に回る。怒られるから仕事がつまらなくてたまらない。みんな、なんて無能な部下を持ったんだろうって上司に同情してるでしょうね。

ねぇ、仕事はそんなにつまらない？　それって上司のせい？　あなたがそう決めてかかってるだけじゃないの？

今隣に座ってる同僚、目が笑ってる。仕事を楽しんでるからよ。あなただって、そんな表情してみたいんじゃないの？

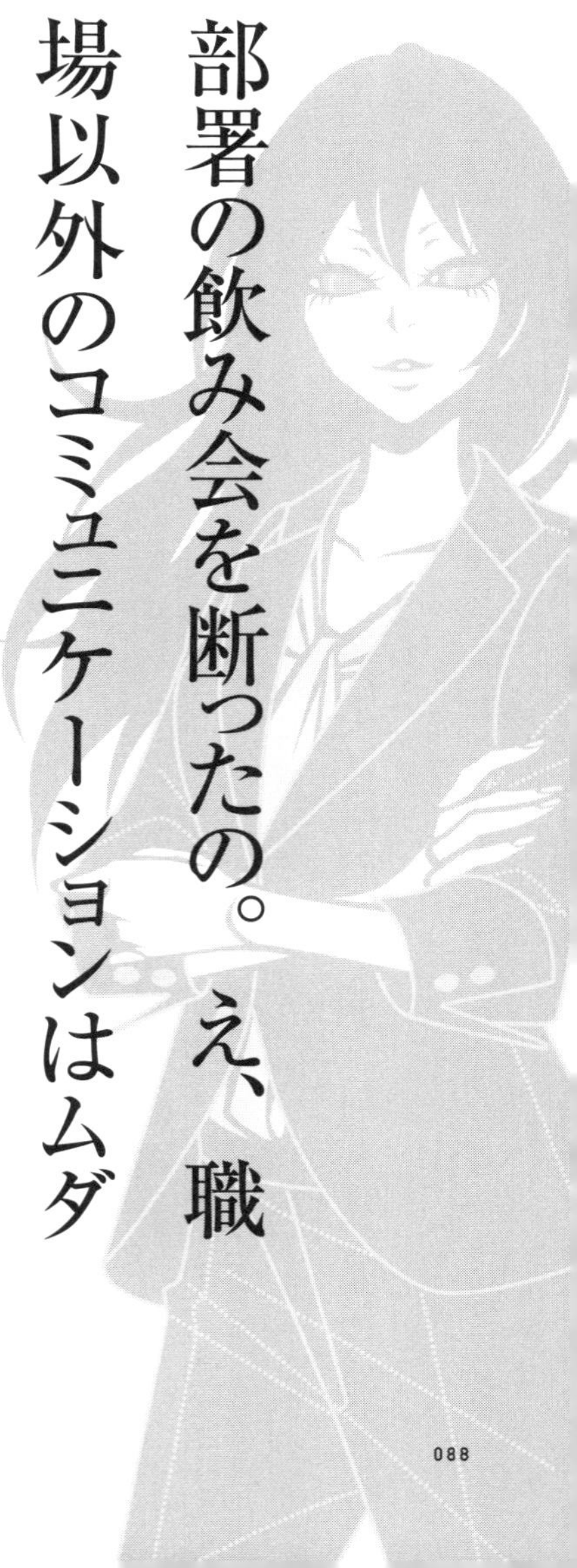

部署の飲み会を断ったの。え、職場以外のコミュニケーションはムダだって？　バーカ。**それはあなたが生産性のある仕事ができた時だけ言えるのよ。**

#ドSな言葉
#飲み会も意外と悪くない

最近、若い人は上司との飲み会を断るって言うけど、毎回それじゃ世の中渡っていけないわね。だって、本音が出るのって、たいていお酒が入った場だもの。特に日本人の場合はね。知ってる？　今はパワハラだのセクハラだのって訴えられるから、上司は上手にあなたに仕事を教えられない。すっごい遠慮してるのよ。その分あなたは学べてない。だからこそ実力もないくせに、社会ってこんなもんだって思ってる。

でも、それは間違い。社会ってね、あなたの知っていることだけではうまくいかないの。予想しなかった失敗も、理不尽だと思いながら謝らなきゃいけないことも出てくる。上司が一番に頭を下げに行くわ。

知っておいて。それは学ばなかったあなたのせいなのよ。

上司の仕事ぶりをよく観察しなさい。飲み会に行ってコツを教えてもらいなさいよ。くだらない飲み会を、生産性があるものにするのかはあなた次第。次の日から速攻で役に立つこと、たくさん教えてもらえるから。

あなたなんなのよ。ここは会社。
存在価値のない人はいらないの。
どんな特技でも活かして、自分も
できるって主張しなさいよ。

#ドSな言葉
#自分の価値を見せる

ねぇ、あなた本当にここに入社したの？　それなのに、いつまでも縮こまって、これだけ大きな組織の一部だって意識できないなんて、周りが見えないにも程があるわ。そっか。自分がいなくても成果は出るし、会議で何も発言しなくても、勝手に決まっていくものね。

じゃあ、あなたはいらない人間ね。それなのにムダな給与をいつまでももらい続けるんだわ。ああ、あなたを雇った会社がかわいそう。無能な社員に払う給与なんて損以外の何者でもないわ。

え、得意なことはあるの？　でも周りが怖くて言えない？　消極的な性格って救いようがないわね。だって今のままじゃ、給料泥棒よ。お荷物よ。ゴキブリ同然よ。あなたの得意なことは会社のためになると思うんでしょう？　そうね、まずはカラオケとか川べりにでも行って大きな声を出す練習をしたら。そうすれば本番でも大きな声が出るかもよ。会議で何か言えたら、やっとちゃんとした社員ね。

同僚や友だちとの年収比べなんて、どんぐりの背比べ。**自慢するならビル・ゲイツくらい稼いでからにしてよ。**それであいつらをあっと言わせるのね。

#ドSな言葉
#世界一稼いでやる

あの同僚を目の仇にしてるのね。大学時代ライバルだったんですって？　相手が僅差《きんさ》で主席を奪われた。だから今度は目に見えるかたちで勝ちたい。そうグウの根も出ないくらいはっきりと目に見える成績を出したい。そう思ってるのが顔に出てるわよ。私そういうの嫌いじゃないわ。闘志が湧くじゃない。人の能力なんて、学生時代はともかくとして、社会に出てみれば得手不得手の差が如実に現れるものだしね。

で、あなたの得意なことは何？　彼の苦手なことは？　えっ、知らないの？　リサーチもしないで、どうやって勝つつもりだったのよ。バカ！　このままじゃ都内か郊外か、どちらに家を買えるかくらいしか、年収の差は出てこないわよ。

本当にものすごい違いを見せつけたいなら、どうすれば自分の能力がうまく使えて、会社に活かせるかを考えなさいよ。彼は捨て駒にすればいいわ。あなたは世界一稼ぐくらいの意気込みを見せなさい。

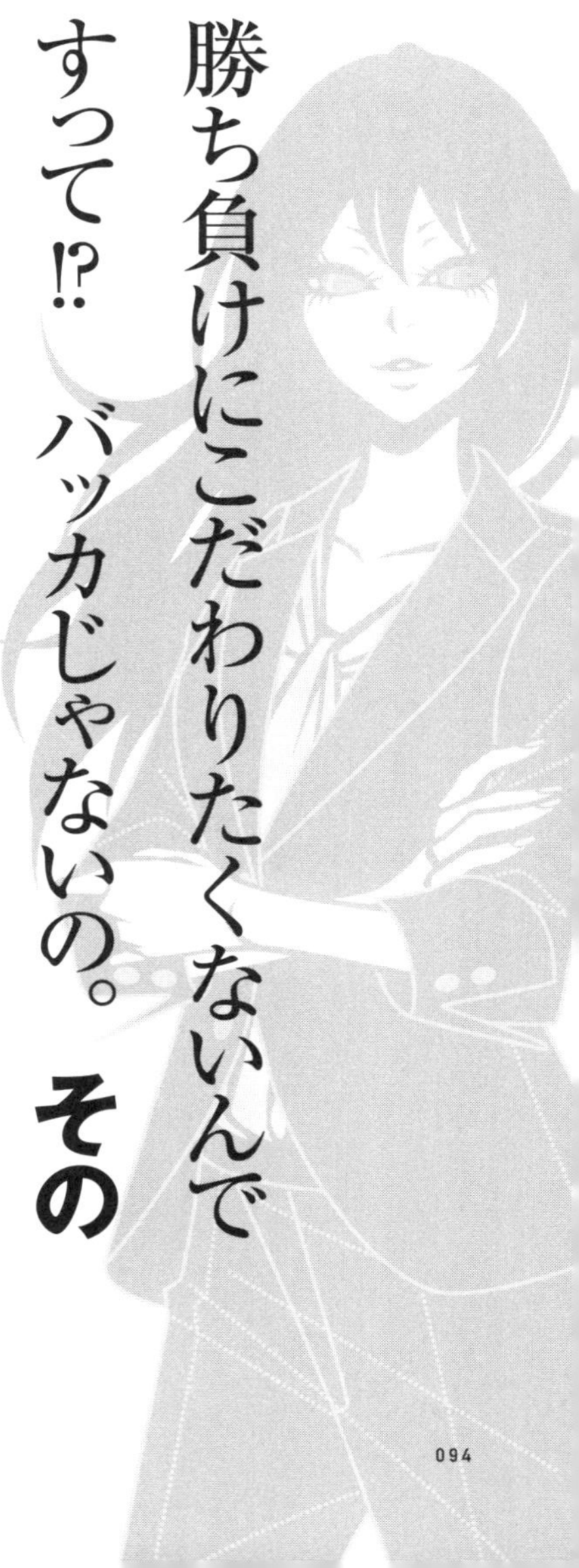

勝ち負けにこだわりたくないんですって⁉ バッカじゃないの。**その****セリフ、勝った人が言えるのよ。**あなたに言える資格はあるのかしらね。

#ドSな言葉
#勝ってから言う

いるのよねぇ。「勝ち負けなんて関係ない。どれだけ努力したかが一番の価値だ」なーんて言う人が。しかもね、大抵そんなことを言うのは最初から負けるってわかってる人。勝てない相手に勝負なんか挑まない人ばかりなのよ。

ほんと弱虫よねぇ。最初から保険をかけているのね。負けても自尊心を傷つけないように、自分を守ってるの。

でも、よく考えて。それって本気の努力はしない、ってことよね。でも勝つつもりなら、努力は絶対に必要なの。どんなに軽々しそうに勝つ人でも、努力してる。勝つつもりがあるから必死の努力ができるのよ。

もしあなたが絶対に負けたくないって思ったらどうする？　最大限に努力するわよね。一度でも本気で勝とうとしたことがある人なら、それがわかっているはず。あなたの本心は勝ちたいの？　勝ちたくないの？　どっちなの？

徹夜なの？　シャワーも浴びてない？　臭いわけね。

どうして同僚に任せられないのかしら。

#ドSな言葉
#任せるところは任せる

まあ、仕事熱心ね。徹夜続きでまともな睡眠時間なんて取れてないんでしょう。声は枯れてるし、脳もスライムみたいにふにゃふにゃ。しかもなんだか臭《にお》うわ。あ、シャワー浴びてないんでしょう。鼻がまがるから、半径5メートル以内に入ってこないで。

なんでここまでするのよ。限界ってものがあるでしょ。若いから無理できると思った？　言っとくけどあなた、あまりに疲れてて、明日と明後日は全く使い物にならないわ。ぼうっとしたまま仕事をするなんて、迷惑以外のなんでもないのよ。

体の限界を超えて目の前にある仕事に毎回全力を注いでたら、近いうちに死ぬわよ。

ねえ、今の仕事、チームでやってるんでしょう？　だったら同僚を頼りなさいよ。それも仕事術の一つ。効率も上がるし、なんていっても仕事仲間なんだから、信頼することを学ぶのもこれから先、大事よ。

愚痴ならいくらでも言いなさいよ。
聞いてあげるわ。

あなたが結果を
出している人ならね。

#ドSな言葉
#順番が逆だった

そうよねぇ、愚痴ぐらい出るわよねぇ。毎日毎日満員電車に揺られて、会社に着く頃には疲弊して、それでもきっつい仕事が待ってるんだもの。同僚にはライバル視されるし、上司には怒られてばかりだし。

えっ、そのほかにも色々あるって？　ちょっと待ってよ。あのプロジェクトの失敗も、送迎会の幹事も大コケしたのもあなたのせいだったの？　あんなのでさえできないわけ？　あなたの愚痴を聞くのやめるわ。耳が腐る。だって、要するにあなたは何もできてない。やることなすこと、失敗だらけ。時々いるのよね、あなたみたいに口だけ達者な人。だから助けてってお願いしてるの？　イヤよ。バカを相手にしたくはないわ。

私が話を聞くのは、きちんと結果を出した人。実力が伴った人よ。それなのにあなた、愚痴しか言わずに平然として。これから少しでも私と話したかったら、自分の頭で考えて、多少結果を出してからにしなさいよ。それまで口もきかないわ。

あなた平然としてるけど、誤魔化したり嘘をつくたびに、**実は心が痛んでる。バレたらもっと恥ずかしい。**そういうのを続けて、いつまで持つかしら?

#ドSな言葉
#嘘をつき続けると心が痛い

辛いわよねぇ、仕事上どうしたってごまかしたり嘘をついたりしなきゃいけないなんてあなた、元は善良な人間だものね。人を傷つけるみたいでイヤなんでしょう。

なーんて言うわけないでしょ。バッカじゃないの。あなたの本心はわかってるわ。誤魔化しても嘘をついても、バレなきゃいいと思ってるんでしょ。犯罪にもならないし、誰からも責められない。

でも、どんなに誤魔化しても嘘をついても、真実は真実。あなたが犯した罪は、その心に傷を残すわ。意外に思うかもしれないけどね、悪いことこそ、記憶から消えてなくならないのよ。

普通の人間はね、良心の呵責《かしゃく》に苛《さいな》まれて、最終的には自首しちゃうものなのよ。だって、あなた、自分のこと、悪いと思ってるんでしょう。いいわよ、決心が固まったら私のところにきなさいよ。せめて反省したことは褒めてあげる。

自分へのご褒美はほどほどに

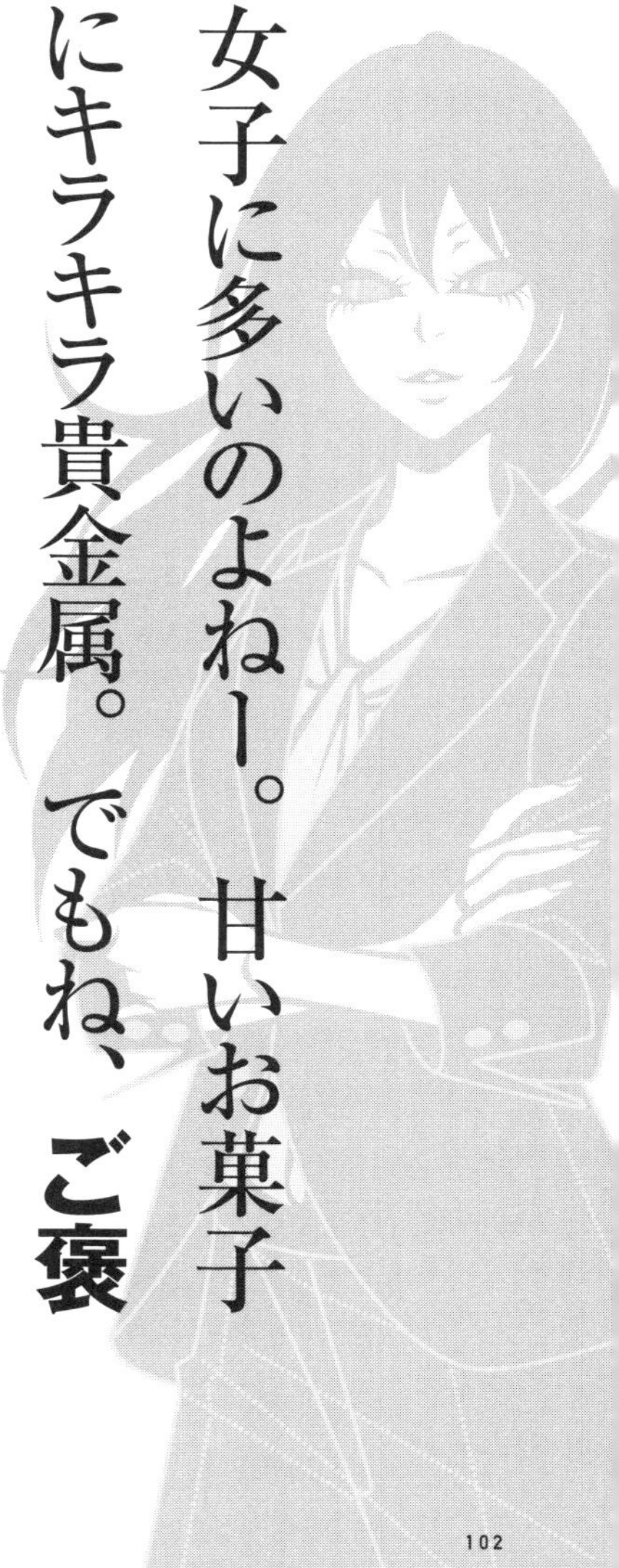

女子に多いのよねー。甘いお菓子にキラキラ貴金属。でもね、**ご褒美って本来他人からもらうように仕向けるもの。**さて、あなたにご褒美くれる人はいるのかしら。

#ドSな言葉
#みんなから褒められる人になる

クリスマス時期になるとムカつくわ。貴金属売り場にデパ地下に、女の子が邪魔なくらいあふれてるんだもの。だいたい、指輪とかネックレスとか、カレシに買う？　つまり自分用だってことでしょ。デパートも強気だから、結構いい値段で売るしね。でもみんな買うのよねぇ。しかも、カレシに買うプレゼントより高いやつをね。

そりゃね、自分がどのくらいがんばったかなんて、自分しか知らないわ。でも、成果を評価するのは他人。失敗したら、ご褒美どころじゃないわよ。

そもそもご褒美っていうのは他人がくれるものなの。あなたがどれほどの仕事をしたか、判断するのは相手。あなたに「がんばったわね」ってご褒美をくれる人はいるの？

いい、自分にご褒美なんて自分の仕事の価値を自分で決めてるってこと。そういうのってたいてい過大評価なのよ。そのダイヤの輝きには似つかわしくないわね。

コンピュータならなんでも任せろって、あなた、**それだけの人間なのね。**営業力とか企画力とか、いくつか得意なことを持ってたほうが評価が高いし、将来安泰なのに。

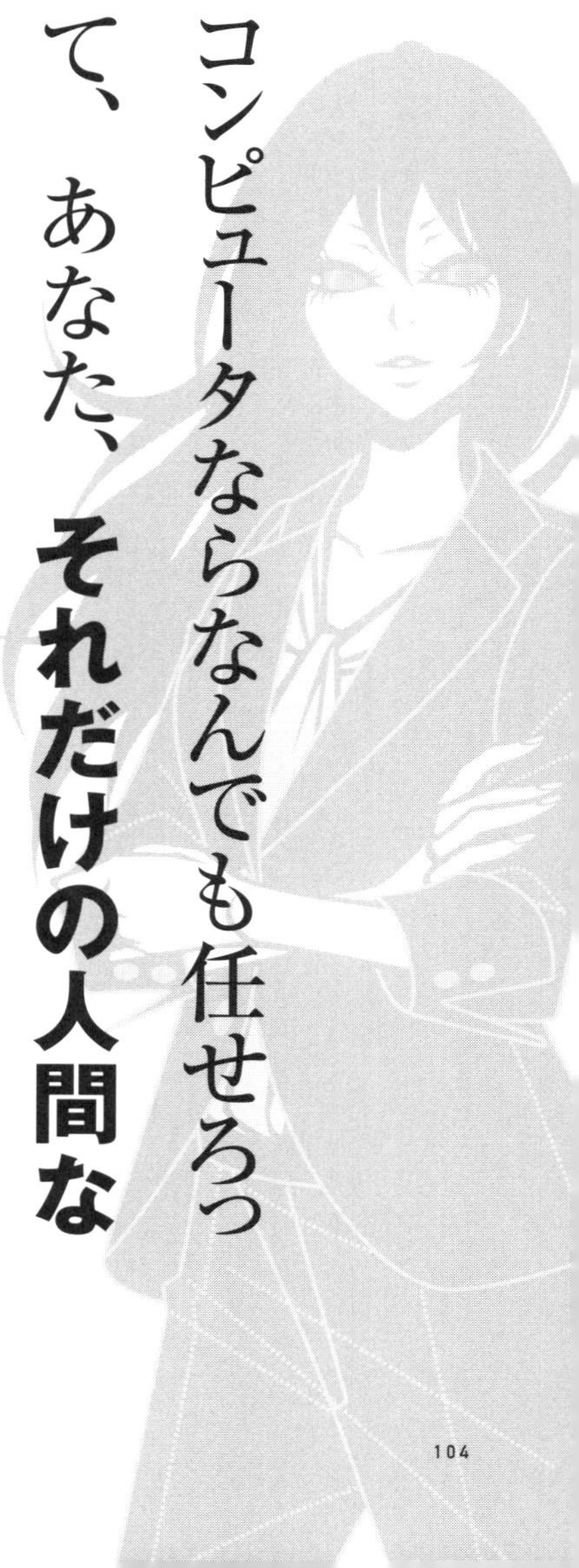

#ドSな言葉
#オールマイティな人になる

コンピュータのスキルだけで満足してるんだ。視野が狭いわねぇ。そりゃ、この世の中だもの、コンピュータなしで生きていくことはできないわ。誰だって毎日お世話になってる。これからも伸びていく分野だから、足元盤石よね。でもあなたがその手を怪我したら？　しかも複雑骨折。メンヘラが棍棒で壊しそうなくらいの。そしたら使い物にならないわね。使い道のない社員なんて、左遷よ。給与も減るわ。あなたの自尊心もね。骨折じゃなくても、知っている技術が時代遅れになれば同じことよ。あ、怒ったわね。その顔嫌いじゃないわ。ゾクゾクする。

別にコンピュータじゃなくてもよかったんでしょ。たまたまコンピュータができたからやってみただけ。それだけコンピュータがいじれるんだから、他のスキルも磨いてみたら。営業とかデザインとか。あなたならそれくらいできるでしょう。リスク回避って何においても大事よ。職にもあぶれにくいしね。

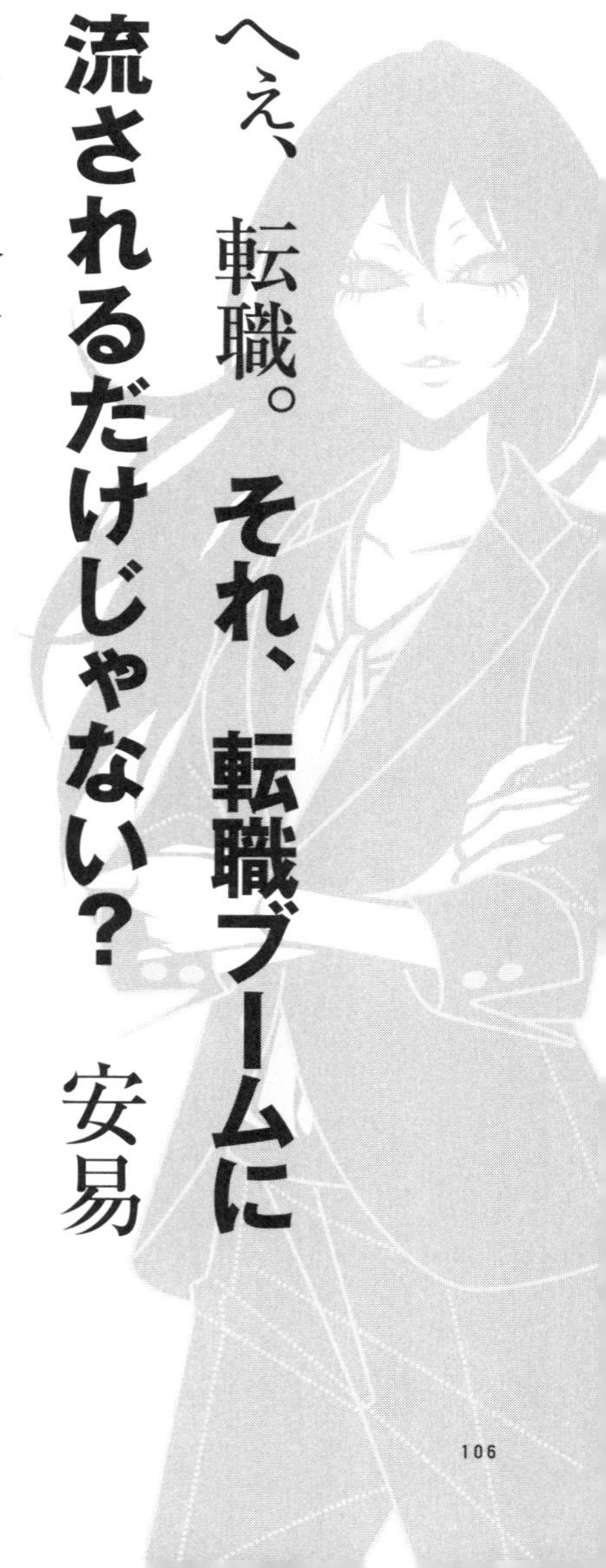

へぇ、転職。**それ、転職ブームに流されるだけじゃない？** 安易ね。限界まで考えて、それでもしたいって言うなら、応援しないでもないけど。

#ドSな言葉
#人に流されて転職しない

そうよね。給料は高くないし、通勤も大変。仕事もたいしたことを任されていないし、お茶汲みも飽きた。同僚も周りの友人も何人も辞めて、転職してる。今の環境を抜け出したいなら、憧れちゃうわよね。それでそろそろ私も、って考えたりしてない？

今は転職なんてよくあることだから軽く見えるかもしれないけど、よく考えて。新しい仕事を、あなたよりガキの新入社員に交じって覚えるのよ。同年代の社員にはバカにされるかもね。いじめもあるかも。そんな状況で、あなたやっていけるの？　泣かないでよ。だから安易だって言うのよ。

それでも絶対にやりたいことがあるなら別。一生のうちでこれだけはしておかないと後悔するっていうなら、動くべきだわ。だって人生って1回なんだもの。それを逃したら、最後に自分に対して泣くわよ。

ま、その場合でも、多少のリスクは覚悟してね。それでも耐えていける人が転職に成功するんだから。

第3章

うまく「休み」をとれたら一人前ね

泣く子と地頭には勝てぬ殺人事件　第2部

「なにがダメなんですか」

「他人が成功した理由を幸運に恵まれたと決めつける。その裏には血の滲《にじ》むような努力や情熱があるはずなのに。報われた努力を認めたくないのよ」

「今どき、努力とか頑張るとか時代遅れですよ。努力が必ずしも報われないってことは幼稚園児だって知ってますよ」

「はぁ、負け組の典型的な発想ね。努力ってのはね、報われるからするんじゃないの。報われるかもしれないからするものなの。宝くじと同じよ。当たるかもしれないから買う。買わなければ絶対に当たらない」

「だからなにが言いたいんですか」

「もし犯人が相当な努力家だったら、あらゆる手段を講じて事件性なしの現場に見せかけるでしょうね。あなたはこの現場を見て事件性なしと判断した。ほら、犯人の努力は報われたわ。そしてあなたは犯人の軍門に下ったの。ずばり悪に屈したのよ。負け犬になったのよ」

マヤは愉快そうに言った。

「ちょ、ちょっと……そこまで貶《おとし》めなくてもいいじゃないですか」

代官山は唇を尖らせた。こうやって相手を攻撃してその反応を楽しんでいるのだ。相変わらずのドS的メンタリティである。

しかし、彼女の主張は無視できない。

救いようがない破綻した、邪悪で醜悪で陋劣《ろうれつ》で奸悪で凶悪で姦悪な性格の持ち主だが、常人離れした洞察力の持ち主だ。ベテラン刑事たちが頭を抱えるような難事件でも彼女は早い段階で真相を看破する。しかし真相を報告することはない。そんなことをすれば犯人が逮捕されてしまうからだ。そうなれば新たな殺人死体が生まれない。殺人死体が大好物なマヤにとって殺人犯は彼女の嗜好を満たしてくれる恩人同然だ。そんなことだから代官山は彼女から推理を引き出さなければならない。とはいえ彼女ははぐらかすばかりで、なかなか犯人を教えてくれない。いや、むしろ翻弄《ほんろう》される代官山の様子を見て楽しんでいるのだろう。

マヤが推理したことを推理する——いつの間にかそれが代官山の使命になっていた。

そんなマヤが「殺人事件」を示唆している。彼女は凡人には感じ取ることができない何かを見通したのだ。

「この椅子、誰が座っていたんですかね」

代官山は死体のすぐ近くに置かれている事務椅子を指さした。椅子は死体の方を向いている。

「そうそう。普通とか当たり前なことに疑問を持つ、とても大事なことよ。そこから今までになかったような斬新な発想やアイデアが出てくるから。歴史を変える発明というのはそういうところから生み出されてきたんじゃないの」

たしかに彼女の言うことは間違ってないと思うが、この件にそれが当てはまるとはどうにも思えない。とはいえ、彼女が事件性を示唆している以上、今一度、現場に向き合う必要があろう。

「この椅子に座っていた人は鶴を折るのを手伝わなかったのかな」

代官山はまずは目に入った事務用椅子を指した。見たところ普通のオフィスに置いてあるような、キャスターつきの簡素な作りである。

「たしかに不思議ですね。これだけたくさんあるんだから二人でやったほうが早いのに」

浜田が腕を組みながら首をひねった。

「それにせっかく折った鶴を握りつぶしてゴミ箱に捨てている」

代官山はゴミ箱からつぶされた折り鶴のひとつを取り上げた。シワをのばしてやると本来の鶴の姿に戻った。

「出来映えは悪くないですよね」

浜田が代官山の手の上に置かれた鶴に顔を近づけた。

「これだけの数の鶴を折るのは相当にしんどいですよね」

単純作業とはいえ、かなりの時間を要しただろう。

「やっぱり僕の見立て通り、過労死ですよ」

浜田がしれっと言った。

「千羽鶴で過労死ねぇ……」

どうにもしっくりこない。

まあ、仮に過労死だとすれば事件性ありといえるが、殺人罪には当たらないだろう。

「そもそも死ぬくらいなら鶴を折るのを止めればいいだけの話じゃないですか。拷問で強要されてもない限り死ぬまで折り続けるなんてあり得ないでしょう」

代官山は今いちど被害者を検分してみた。

被害者には暴行を受けたような痕跡は認められない。また争ったような形跡もない。

「アリンコのように休みなく働き続けるのは日本人の習性よね。資本家に搾取される労働者にだけはなりたくないものだわ」

声を聞かなくてもマヤの発言だとわかる台詞だ。

「でも上の立場になれば責任も大きいですよ」

「それって誰が言ってるの？」

「みんな言ってますよ」

「だからみんなって誰よ」

「当事者である上司とか」

「ふーん。じゃあ聞くけど彼らはちゃんと責任を果たしているといえるの？」

「そ、それは……」

「もしかしてそう思い込まされているだけじゃない？」

マヤは目を細めて代官山を見つめた。

「た、たしかに……そうかも」

「物事ってのはね、その立場に立たないと見えないものよ。あなたはどんなに想像力をたくましくしても上司の見えているものが見えない。なんでもかんでも闇雲に信じるのはどうかと思うわ。上に立てば責任が大きくなるかどうかなんて、その立場にならなければわからない。それを知るためにはまずは上に立つことね」

「黒井さん、なんだか今日はいつもとキャラが違いますね」

「違うってどう違うのよ」

マヤは眉をひそめた。

「まるで自己啓発本みたい。ドSな言葉で超やる気が出る、みたいな」

「で、やる気は出たの?」

「出ます、出ます! 超出ます!」

突然、浜田がマヤと代官山の間に割り込んできてピョンピョン跳びはねている。まるでご機嫌の幼稚園児だ。

「だったらさっさと事件を解決しなさいよっ!」

「黒井さんっ!」

代官山は反射的にマヤの手首をつかんだ。

あと一秒遅かったらマヤのデコピンが浜田の額に炸裂《さくれつ》していた。彼女は爪先にカミソリでも仕込んでいるのか、指先が触れるだけで浜田の額がパックリと割れる。昨日も大流血で病院送りとなり七針縫ったそうだ。こういうことが頻繁に起こるので代官山は常にマヤの動きに目を光らせていないとならない。そうでなければとっくに浜田は殉職していただろう。それにしてもあんな目に遭いながらもヘラヘラしながらマヤにまとわりつく浜田。筋金入りのドM刑事だ。そこだけは尊敬に値する。そんなわけで彼はいつも額に包帯を巻いている。

「傷口がまた開いちゃうじゃないですか」

代官山の叱責にマヤは舌打ちをしながら指を引っ込めた。もはやパワハラを超えている……ていうか、上司は浜田だ。

「浜田くん、今回はあなたがこの事件を解決してみなさいよ」

「ぼ、僕ですかぁ～」

浜田は自身を指さしながら眉をへの字にさせた。こういう仕草が愛おしいからタチが悪い。

「そっ、何ごとも挑戦でしょ。あなたの大好きなドラマの『刑事コンニャク』だって最初に解決した事件があるからこそ名刑事でいられるのよ。最初という実績を作らなければなにも生まれないわ。チャレンジは新しい可能性を開く扉になるのよ」

浜田は姿勢を正して、大人の言いつけを健気に聞く子どものようにウンウンと神妙な表情でうなずいている。

「ほら、自己啓発本みたいですよ」

「代官様は黙ってて！」

マヤの頬がわずかに紅潮した。そんなところも可愛らしい。

「浜田さん、やりましょうよ。いつもいつも黒井さんに頼ってばかりじゃないですか。僕も手伝いますから」

「頑張りましょう！」

大好きなマヤに鼓舞されて「超やる気」になった浜田は拳を手前に突き出した。浜田クオリティからして事件解決が実現するとはとても思えないが、この先警察組織のトップに上りつめていく彼にとって良き経験になりそうだ。今回ばかりはそんな彼を応援したくなっていた。

それにマヤはこの事件が殺人であることを示唆している。ミステリ小説好きの代官山としてはその真相も気になるところだ。

「物件を管理している不動産屋の社員が来ました」

制服姿の若い警官が代官山たちに近づいてきて報告した。部屋の外の廊下に待たせているという。

「僕が話を聞きます」

浜田が部屋を出て行くので代官山もあとを追った。外にはスーツ姿で長身の男性が立っている。七三にきっちり分けた髪型、鼻筋の通った整った顔立ち。まるで仕事一途なサラリーマンを舞台役者が演じているような男性だ。彼は不安そうな面持ちで浜田と向き合った。それから遅れてマヤも出てきた。

「わたくし、ゴースト不動産の高橋といいます」

男性は代官山たちに名刺を差し出した。名刺には「ゴースト不動産　高橋芳樹」と印字されている。トウカイタワーの管理を担当しているという。

「それではさっそくですが、この部屋の借主のことを教えてください」

浜田はメモ帳を取り出すとペンを握った。

「三ヶ月前に中道真記子という女性が短期契約されていきました」

「本人確認はしたんですよね。連絡先はわかりますか」

「ここに到着する直前に電話を入れたんですが不通になってまして……」

「どういう経緯で契約されたんですか」

「半年ほど貸してほしいと。賃料も一括で前払いされていきました」

「ちゃんと本人確認したんですか」

代官山は質問を挟んだ。中道真記子は偽名かもしれない。

「いやあ、それが……この物件、何年も借り手がつかず困っていたんですよ。賃料も一括払いしていただけるとのことだったので、その場で契約を認めてしまいました」

高橋が目を伏せて頭を掻きながら言った。

「賃貸の目的は？」

「短期的にオフィスを開設するとおっしゃってました」

「折り鶴に関係するビジネスですか」

「折り鶴？　いや、アプリ開発のオフィスだと聞いてますが」

高橋は不思議そうな顔で答えた。

「アプリ開発ですか……」

部屋の中は簡素なデスクと二脚の事務椅子とゴミ箱、そして大量の折り鶴だけで、アプリ開発に必要と思われるＰＣなどの機材はひとつも見当たらなかった。高橋も折り鶴には心当たりがなさそうだ。

それからも高橋にはいろいろと質問したが、真相に繋がりそうなめぼしい情報は得られなかった。

第３部（Ｐ１８６）へ続く

最近あなたの成績、**破滅的で救いようがないわ。**デスクにへばりついてるからよ。散歩でもして心を整える場所でも見つけてみたら。

#ドSな言葉
#散歩で気分転換

集中って難しいわよね。疲れてる時こそ散漫になるし、気負えば気負うほど他のことに気をとられる。それでもあなた、仕事をしなくちゃってデスクに座ってパソコンをいじってる。なーんの成果もなく、全く無意味にね。そんなあなた、蹴り倒したくなるわ。

だってあまりにもバカなんだもの。ここ数ヶ月、あなたがそこを動くところを見たことがないわ。そして成績はひたすら下がるばかり。リーマンショックの時の株価みたい。

わかってるわよ。あがいてるんでしょ。でもね、やり方が間違ってるの。同じ資料ばかり見てたら、同じ考えしか浮かばないでしょ。その考えから離れるために、気持ちを切り替えなきゃ。

そのためにも、何も考えなくてもいい自分だけの場所を見つけたら？散歩でもいい。カフェでもいい。ひとりになってまっさらになったら、新しい気持ちで仕事に向かえるかもよ。

努力した気になって睡眠時間を削らない

睡眠時間が3時間？　**お得意の寝てない自慢ですか〜。**今日は昨日の半分しか仕事できてないわね。

＃ドSな言葉
＃3時間しか寝てない、辛い……ってダサいできない人って、忙しい自慢をよくするわよね。寝てない自慢、休みがない自慢。本当は、寝る前にパソコンでエッチな動画でも見てるんじゃないの？

そりゃあ、1年のうち何回かはめまいを起こすような忙しい時期はあるかもしれないわ。作っても作っても足りない書類。誰かを説得するのにかかる時間。でもそれが気持ちいいのよね、あなた。忙しいことに快感を覚えてるんでしょ。あら、そんな怖い顔したってことは、図星ね。

そう、昨日も3時間しか寝てないの。はいはい、がんばったわね。偉い偉い。こう言ってほしかったのかしら？　嬉しそうな顔しないでよね。

眠くてもしっかり仕事するから安心しろですって。してみなさいよ。あ、今数字を打ち間違えた。さっきから5分も経ってないわよ。どうせ頭半分しか働いてないんでしょ。それがあなたの言う「しっかり」なわけ？　笑いしか出ないわ。

ワーカホリック自慢ってダッサ！ Google本社ってまるで公園みたいなの。**遊んでいるうちにひらめくものがあるって知ってるのね。**誰かさんとは正反対。

#ドSな言葉
#遊ぶことがひらめきにつながる

何をやってるかって？　鴨《かも》に餌あげてるのよ。ほら、おいしそうに食べてるでしょう。な、何よ。なんでここで怒るのよ。鴨なんかかまってる暇はないですって？　終わってないプロジェクトをなんとかしろって？　うるさいわねぇ。あなたこそ会社の鴨ね。まあ、世の中に仕事人間を自認する人は多々いるけれど、たいてい自己満足なのよね。あなたも同じなんでしょ。

あ、怒った。あら、目が血走ってる。

自己満足って何だって？　だって他のことが見えてないんだもの。人生は仕事だけだと思ってるでしょ？　それが間違い。あなた、Ｇｏｏｇｌｅ本社を知ってる？　あそこは遊びの宝庫よ。なんで遊びがあるかって？　そこにひらめきがあるって知ってるからよ。

納得できない？　じゃああなたは仕事人間として空回りしてたら。そのうちハムスターでも送ってあげるわね。

あー、信号無視。ちょ、ちょっと横からトラックがきたわよ。ここで殺さないでよね。**急がば回れって言葉を、あなたの辞書に付け加えなさい。**

#ドSな言葉
#急がば回れ

大抵の人間は焦るわ。電車に遅れるかどうか、信号を渡れるかどうか、就業時間に間に合うかどうか。だって人間って時間に追われてるもの。

でもねぇ、あなたの人生って、1分、ううん、10秒を争うの？ その10秒があなたを変えるの？

まあ、そういう時がないとは言わない。だけど、確率としては1％くらいよね。でも向こう側からやってくるトラックはその1％かもしれないわ。渋滞に巻き込まれても左へ右へ、必死で目的地に向かってる。

そんな時、待つのがイヤだからって信号無視をしたらあなた死ぬわね。信号なんて、30秒くらいで変わるでしょ。長くても1分。

仕事も同じよ。焦ってミスばかりしてみなさい。結局、直す時間が余計に要《い》るか、ゆっくり正確にやるよりも時間がかかるの。

忙しくても少し余裕を持ちなさい。期限に余裕があるなら、取引相手にも余裕を持たせなさい。それでこそいいものができるのよ。

あなた、本当はイヤなんでしょう。毎日同じ人たちとお昼食べて、興味のない話に頷いて。**いつか疲れて自滅するわね。**そうなる前に、心を休める場所を見つけたら。

#ドSな言葉
#いい人をやめる

えー、あなたも一員なの？　あの、よく喋るけど仕事はできないグループの？　あなた、最近は文句も言わずに、きちっと書類揃えてくるから、全然気がつかなかった。っていうか、そういうイメージ、全然ないわ。やだ、いきなり泣かないでよ。私がいじめたみたいじゃない。何なのよ。は？　あの人たちといると、時々つらい？　本当の自分を隠して、偽物の笑顔ではしゃいでるから？

イヤならそばにいなきゃいいじゃない。人間、みんな違うんだから、気が合わなくても当然よ。え、ちょっと無理をしてでも、和を乱したくない？　みんなに嫌われるのが怖い？　あー、そういう人っているわよね。

でもまあ、仕方ないわ。それがあなたの個性なら。それでも、ここでやってかなきゃいけないんだものね。そうだ、私、ステキなカフェを知ってるの。そこをあなたの秘密の場所にしたら。時々抜け出して、ひとりでゆっくりコーヒーでも味わえば、気持ちが落ち着くかもしれないわよ。

うっわ、ブサイク。目の下のクマが
ゾンビみたい。上司が居残るから
帰るに帰れなくて？ バカねえ。
仕事で一番大事なのは上司なの？

＃ドSな言葉
＃上司を一番にしない

気持ち悪いからこっち見ないで！　顔色が悪い、目の下は真っ黒、まるで超不器用なメイクさんがほどこしたゾンビ、もしくは物体Xみたい。

何、自分のせいじゃない？　上司があなたを気遣って帰ってくれなかった？　知ってるわ、あの人。優しいんだけど、何もできないのよね。

その分、ストレスが溜まってるんでしょ。上司だから無下にもできないし。でもね、会社勤めで一番大事なのって何？　上司のご機嫌伺い？　円滑な人間関係？　あなたは会社のために働いてるの。上司のためじゃない。帰ってほしいならそう言えばいいのよ。そりゃあ上司も最初にそう言われた時は戸惑うでしょうね。善意で残ってるんでしょうから。でもそれはその人が反省すべきこと。あなたは自分のやることをやればいい。それを邪魔するものは、すべてムダなものよ。いくら上司でもね。

最高のパフォーマンスをするために、自分の体調は自分で管理しなくちゃ。そうでなきゃ、近いうちにぶっ壊れるわよ。

休む勇気を持つ

ねぇ、仕事の話をしてるのよ。そんなザツな返事しないで。ムカつくわ。**は？　熱があるの？　ならさっさと帰りなさいよ。**使えないあなたなんて用はないわ！

#ドSな言葉
#無理したって邪魔になる

ずいぶん顔が赤いじゃない。心臓発作の前触れかしら。死んでくれてもかまわないのよ。香典ぐらい出すわ。

だってね、ここは仕事をするところ。無理矢理にでも出勤するのが偉いわけじゃない。自己管理なんて当たり前。だってあなた、いろいろ仕事を任されてるんでしょ。食事や睡眠なんてキホンなんだから。それをちゃんとこなしてこそ、ここにいる意味があるのよ。

熱があって、仕事ができないんだったら、さっさと帰ってよ。仕事にならないし、周りの人にうつすかもしれない。そうなったら会社中に迷惑をかけることになるのよ。自分の部屋の汚いベッドで休んでたほうが、どんなにマシなことか。体調管理は社会人の常識よ。

そりゃあ人間だから、具合が悪くなることもあるわ。そんな時はさっさと休む。でなけりゃ、こっちも迷惑なんだからね。

心配とか、しちゃうでしょ。

メタボねぇ。**頭の中までフォアグラなの?** 解決策は運動しかないわね。あなたのフォアグラなんてまずそうだし。

#ドSな言葉
#健康のために自己管理

そうよね。これまで忙しかったものね。異動に昇進、新しい仕事も任されてたわね。終電までがんばって、夜食にラーメン大盛り。そして今じゃ立派なおデブちゃん。ひそかにみんな嫌ってるわよ。

オバマ大統領って、運動を日課にしてたって知ってる？　アメリカはデブが多いけど、大統領ともなれば自己管理がなってないって信用されなくなるんだって。ううん、大企業のトップはみんなそうって話もあるわ。適度な体型、完璧な頭脳。私みたいにね。言っとくけど、それは日本も同じよ。

わかってるでしょ。あなたは今、仕事ができない人の典型。だってそのお腹、服の上からでも目立つもの。脂肪たっぷりだってバレバレだわ。

それなりの仕事を任されたかったら、ダイエットしなさいよ。有酸素運動が効くわよ。もちろん食事にも気をつかうのよ。それでいい仕事が取れたら脳が活性化されて、余分な脂肪がさらに減ってくかもね。……あなたの場合、急いだほうがいいわ。死神がちらついてるから。

1日に変化をつける

朝はパン、昼は弁当、夜は晩酌。死ぬまでそうしているつもりかしら。**柔軟性ゼロね。だから仕事の変化についていけないんだわ。**

#ドSな言葉
#同じ毎日の繰り返しはつまらない

ねぇ、そのパンおいしい？　毎朝同じクリームパン。それをコーヒーで流し込んでる。マズそ。味なんか感じてないでしょ。「食べればいい」の典型よね。あーあ、パンがかわいそうだわ。

だいたいあなた、食事をおろそかにしすぎよ。毎日同じものしか食べてないんだもの。栄養が偏っていれば、いくら若くても、すぐダメになるわね。今度の健康診断の時には覚悟なさい。

知らないうちに悪くなった数値って、あなたの今の心の状態と一緒って知ってた？　体と心は密接に結びついてるの。このまま人生が過ぎていくといいなぁ、なんて思ってたでしょ。そうしたら今のままの自分で十分、何も学ばなくていいものね。成長しなくていいって楽だから。

でもね、栄養が偏れば人は健康を失うように、心の柔らかさとかやる気を失えば仕事も失敗する。そしたら左遷のショックで入院かしら。ま、その際にはお見舞いに行ってあげるわね。お土産はカエルの死骸でいい？

頭ガチガチね。どうして？子どもの頃、同じジャングルジムで、50通りも違う遊びを思いついてたじゃない。あの柔軟さを忘れちゃったなんて、すっごく残念。

#ドSな言葉
#頭を柔軟にする

そりゃあ、大人になればなるほど、頭が固くなるって言われるわ。でもそれって実は思い込みじゃない？　あのジャングルジムの遊び方を考えてみて。今、どれくらい思いついた？　1通りだけじゃない。子どもの頃は無限に考えついたのに。だから、そんなつまんない人間になったのよ。おさななじみがいたら、「あの時君が一番色々なことを考えてたよ。どれもすっごく面白かった！　みんな子分みたいについて行ってたもん！」って言うんじゃない。

実は、仕事もそれと一緒なの。え？　全く異質のものじゃないかって？　自分に鎖をつけて思考回路を止めるなんて、あなたある意味マゾねぇ。知らなかったわ。あの頃、縛り付けて、ムチでも打ってやればよかった。興奮したかしら？　それとも言葉攻めがよかったかしら？

その鎖、外してみなさいよ。何が見える？　子どもの頃みたいに視野が広がったでしょう。それを全部活用する柔軟さがあなたを導く鍵なのよ。

顔がこわばってる。最近笑ってないわね。憂さ晴らしに友だちと飲みに行ったら？　友だちがいない？　仕方ないわね。**私が付き合ってあげるわよ。**

#ドSな言葉
#友だち募集中

あなた、ワーカホリックに憧れてるの？　そりゃあ仕事ができる人って立派よね。一流企業や有名デザイナーにも、ワーカホリックを自認している人がいるしね。お客さんもワーカホリックを「すごい！」って言ったりするわ。効率が悪いって公言してるようなものなのにね。

それで遊びもしないで毎日残業？　同僚への愛想も悪いんですってね。あら、私は仕事ができるのに、肌ツヤがよくて笑顔もキレイですって？　当たり前でしょ。私みたいな美人、他にどこかで見たことある？　それで、あなたはどうなのよ。その顔、他社の人が見たら何て思うかしら？　笑うこともできない社員がいるなんてうちの恥になるんじゃないかしら。

ストレス解消に友だちと飲みにでも行ったらどうなの？　憂さ晴らしって必要よ。え、飲みにいく友だちもいないんだ。どれだけ会社人間なのよ。近いうちに常連の飲み屋と大笑いできる友だちを作りなさい。それを約束できるなら、今日は付き合ってもいいわ。

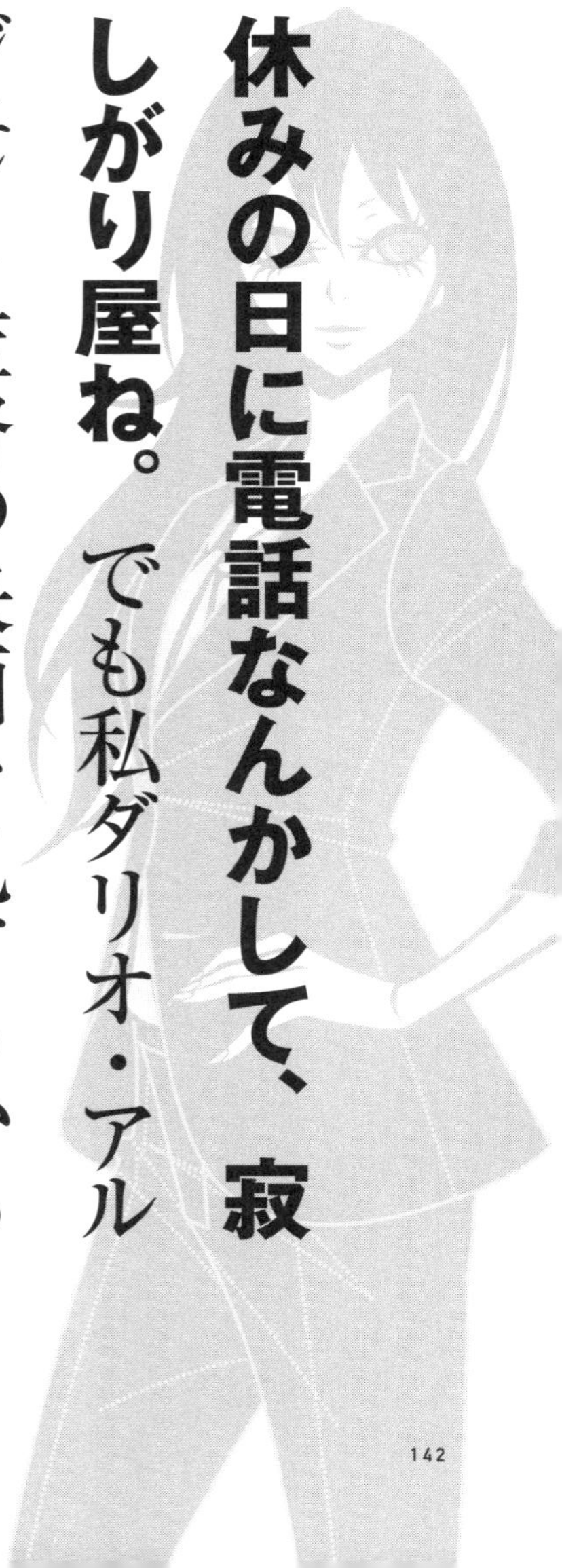

休みの日に電話なんかして、寂しがり屋ね。でも私ダリオ・アルジェント監督の映画を見てるから切るわよ。 せっかくひとりなんだし、 ここ1週間の反省でもして来週に備えたら。

#ドSな言葉
#人に依存しすぎない

うわぁ、ごめんん。あなた、休みの日ってほんとに「休み」の日だと思ってたんだ。部下を指導できていない私の責任だわ。反省ね。

それにしても、その私に電話をしてくるなんて、あなた、私のこと好きなの？　あら、口数が減ったわ。図星なのね。ああ、好きでもない男を振るって気持ちいいわ。思いっきり傷ついてね。

今のあなた、ナイスガイよ。うそ、モンダイガイ。そりゃあ最近はいい仕事もするようになったけど、経験から学ぶことばかりで本の一冊も読んでないでしょ。私に認められるくらいの男になりたかったら、知識も実力も両方なくちゃ、候補にも上がらないわ。

そう、低レベルなんだもの。近づかれても、ゾクっともしないわ。何、そしたら私を諦めるの？　そんな中途半端な気持ちなわけ？　せっかくひとりの時間があるんだから、何をすればいいか考えてみなさいよ。せめて私のキスくらい手に入れられるかもよ。

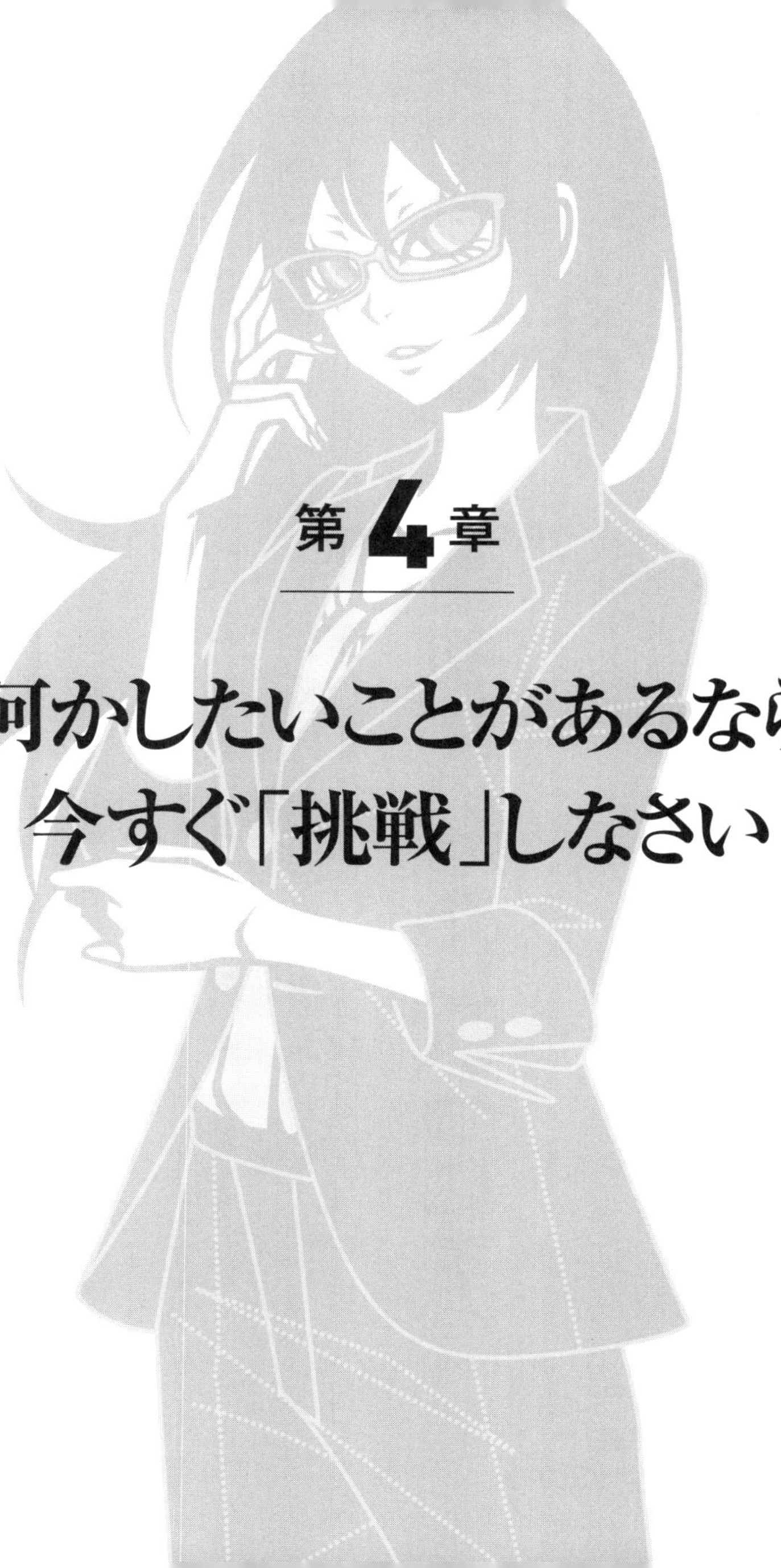

第4章

何かしたいことがあるなら今すぐ「挑戦」しなさい

メッシだってロナウドだって、最初に
ボールを蹴った日ってのがあるのよ。

あなたの最初はいったいいつにするの？

#ドSな言葉
#今日が最初の一歩

叶えたい夢があります、目標があります。まー、よく言われる言葉よね。スポーツ選手みたいに早い時期にスタートを切らないと世界で戦えない夢ならともかく、「いつか起業したいんです」とか、「将来資格を取りたいんです」とか言う人って、ちゃんちゃらおかしいわ。期限を決めずに「いつか」って、いつ最初の一歩を踏み出すのかって話よ。

そりゃあ、人生はそれなりに長いから、今じゃなくて1年後、5年後、10年後、20年後でも間に合うでしょう。忙しい仕事の中で、勉強や準備の時間も作らなきゃならないしね。

でも、10年、20年ってどうなの？　そこまで文句を言いながら雇われ兵をやってるわけ？　もしかして、死ぬまで同じことを言い続けるのかしら。それに、20年30年経ったら時代も変わるわ。新しい情報技術が必要になる。それでもあなたのスタートがそこならそこ。ただ、長い人生ムダにしてることは確かね。

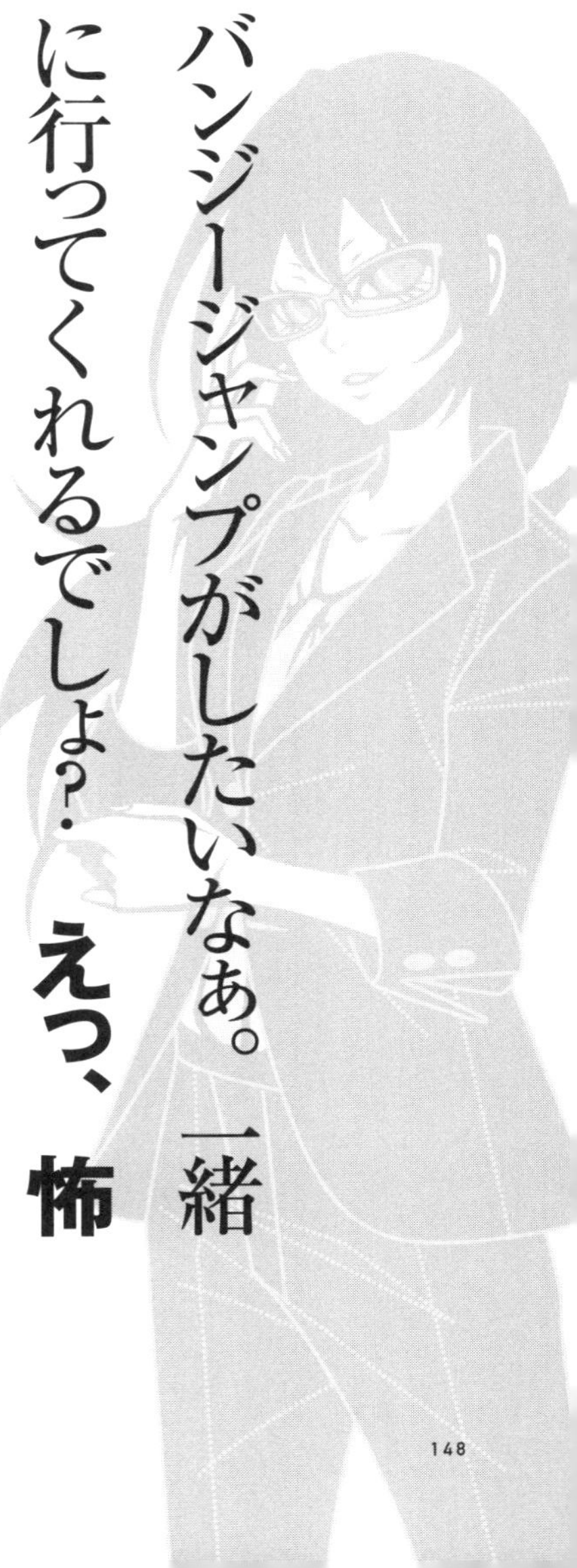

バンジージャンプがしたいなぁ。一緒に行ってくれるでしょ？ **えっ、怖いんだ。** **弱虫！** でも一度恐怖をクリアしたら、つまんない人生が面白くなるかもしれないわよ。

#ドSな言葉
#バンジージャンプで勇気をつける

あなたって、ひとところに留まるタイプよね。仕事をするにしても一辺倒。新しいことを頼まれたら、情けない顔をしながら、とてもその器じゃないって断る弱虫タイプ。それが成長を妨げてるって、自分でもわかってるんでしょう。荒療治が必要ね。ついてきなさい。って、ここまできて尻込みしてんじゃないわよ。情けない性格を直すんだから。

バンジージャンプごときでなんとかなるのかって？　知らないわよ。でも、一度命を捨てた気になれば、それこそ何だってできるようになるかもしれないわ。あーあ。腰は引けてるし、足なんかガクガク。声も震えてるわ。カッコ悪。やっぱり弱虫なのねぇ。ひとりじゃ飛び降りられない？わかった。背中押してあげるわ。えいっ！

うわぁ、断末魔みたいな叫び。いい響きねぇ。録音して寝る前に聞き続けようかしら。でも、ほら、もう笑ってる。結局できたじゃない。他のことも同じ。チャレンジすれば、きっとできるわよ。

ミニマリストってさ、欲を抑えてるだけだとは思わない？ **それって結局マゾよね。** 自分が幸せになれるものなんて、たくさんあるほうがいいに決まってるでしょ。

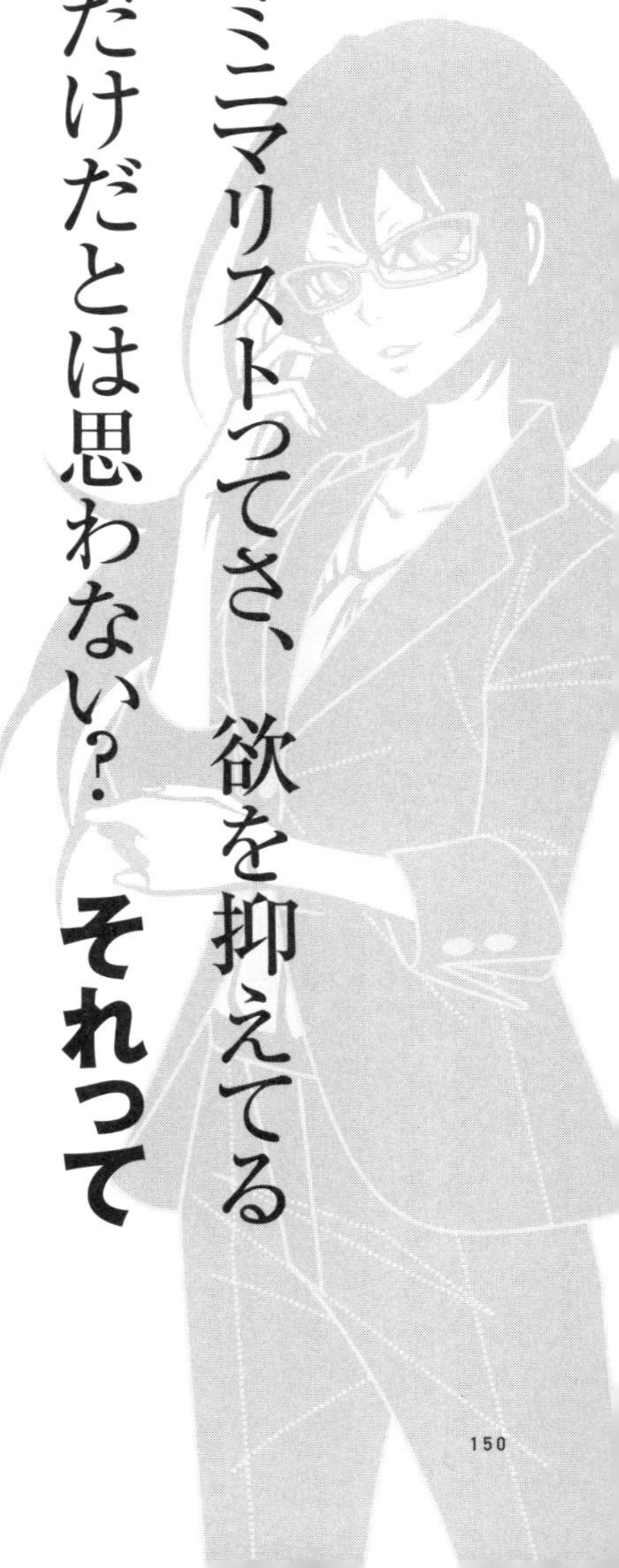

#ドSな言葉
#ミニマリストはマゾヒスト

ミニマリストなんて信じないわね。この世はモノであふれてるの。ひたすら買い物をする人もいる。お店も品物もどんどん増えてる。その分魅力的なモノがたくさん増えたってことなのよ。それを見もしないで、必要最低限で生活するなんて、世間を知らなすぎじゃない？

そっか、世の中あんまりにもモノがあふれていて、自分の脳の許容量を超えちゃったのね。だからミニマリスト、必要最低限。余計なもののない、手に届く範囲のシンプルな生活。あんまり考えなくていいものね。やだ、つまりおバカさんってことじゃない。

あのね、人間って欲のある生き物なの。居心地のいいソファで本を読みたいし、いいベッドで寝たいし、最新の技術に触れたいし、恋人とのモーニングにおそろいのステキなマグカップとか食器とか欲しいでしょ。それが食卓に並んだら、二人の愛も深まりそう。そんな未来を手に入れるためにも、まずは外に出て自分が幸せになれそうなもの、探してみたら。

へぇ、リア充なんて興味ないんだ。**それって人生に諦めてる人が言うセリフよね。**でもあなた、本当は好きな人を抱きしめてみたいでしょ。

#ドSな言葉
#リアルを充実させる

あなたがスマホ中毒だなんて聞き飽きたわよ。そりゃあ、ネットの世界にいれば、赤の他人とも知り合えるし、国境も越えられるし、世界は無限に広がる。それは事実ね。でも、あなたそれで何やってるの？　資料を集めて論文でも書いてるの？　そうじゃなかったら、毎日更新される情報の渦に振り回されてるだけじゃない。

昨日読んだ記事なんて、もう忘れてるでしょ。昨日ＳＮＳのコメントを返したけど、相手のこと、顔も知らないでしょ。それでも今日もネットに向かうのよね。だって寂しいんだもの。

逃げなのよ、逃げ。現実どころか、人生から逃げてるの。好きな人にフラれたくないから、「友だちでいいんだ」とか言ってる中二と一緒。

所詮見てるのはスクリーン、触れるのはキーボードかタッチパネル。つくづく無機質ね。生身の人間の温かさ、忘れないうちに戻ってきなさいよ。

ほら、手を出して。何よ、握ってあげるのは今だけなんだから。

そのシャツ1000円？ **上流を知らない人って、そこまでの人間よねぇ。** 超高価な服を買ったり、おしゃれなバーに行きなさいよ。その経験があなたを変えるわ。

#ドSな言葉
#高いものを買ってみる

ええ、あの有名な高級バーに行ったことないの？

予算が気になって、恐れ多くて足も踏み入れられない？　バッカじゃないの。あなたいつか、一流の人になりたいって言ってたわよね。一流を知らなきゃ一流になれないってよく言われるでしょ。だからあなたは三流止まりなのよ。背伸びすることも知らないんだもの。

じゃあ、今から行きましょう、ですって？　その格好で？　あなた、救いようがないわね。そういうところは客を選ぶの。スタッフは一流を見慣れてるからわかるわよ。どんなスーツを着ていて、どんな靴を履いていて、あなたがどのくらい成功しているかを。

それでも行きたい？　やっぱり一流に憧れる？

わかったわ。次のプロジェクトで成功したら、私が連れて行ってあげる。私と高級バーでデートできるなんて、あなたの人生最大の名誉ね。いいスーツ、買っておくのよ。

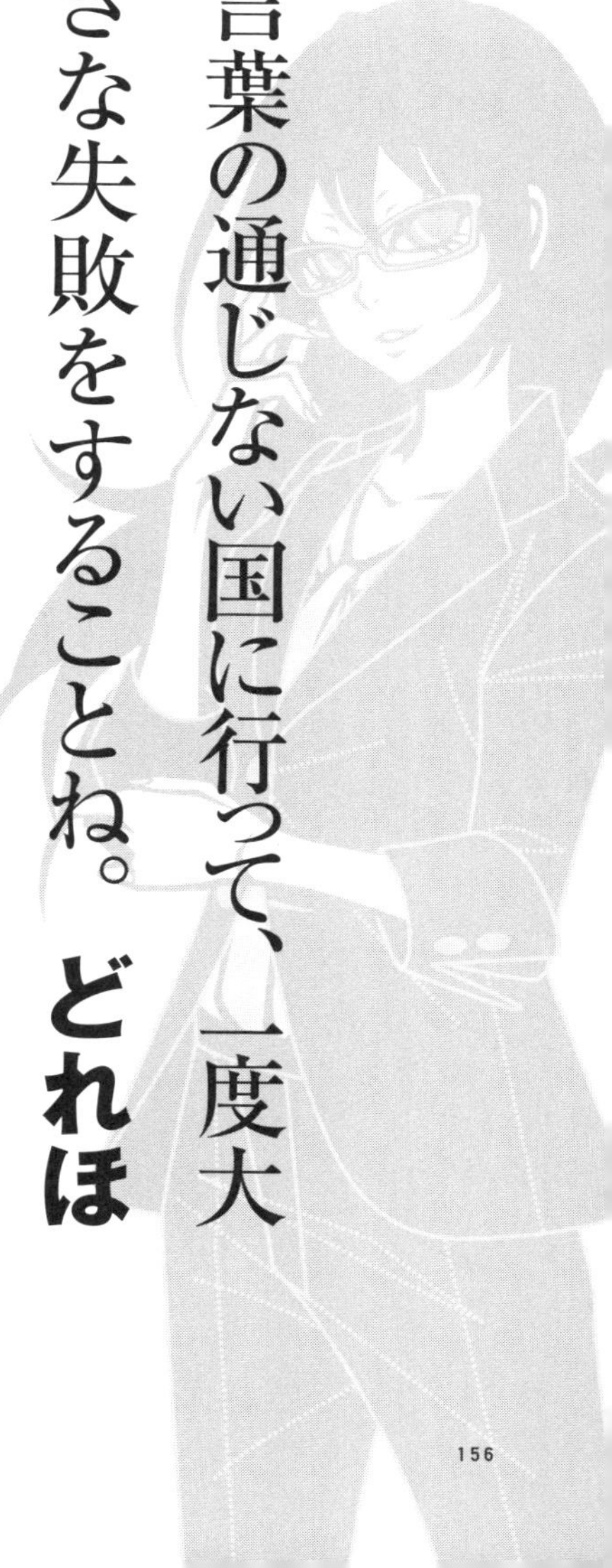

言葉の通じない国に行って、一度大きな失敗をすることね。**どれほど自分が無能かわかるから。**その代わりコミュニケーションができるようになったら褒めてあげる。

#ドSな言葉
#無能を痛感する意味

いるのよねー最近、パスポートも持ったことない人。このちっちゃな島国から出たことないの。言葉がわからないから、ご飯にすらありつけるかわからなくて怖いのよね。このチキン！

言葉のわからない日本人が来たって、相手もわかってる。だから、それでバカにされることはないわ。あなたがオドオドしてなかったらね。

そうね、できれば3ヶ月くらい語学留学に行ってみたらどうかしら。できれば日本人の全くいない地域でね。もちろん出張でもOK。その場合もやっぱり語学学校に行くといいわよ。

なぜって？　そうやって勉強しとくと、得なことがあるからよ。それはモテるってこと。言葉が不器用な分、何を考えているのか、相手の気持ちをすごく考えるでしょ。言わなくても伝えられる、言わなくても相手がわかるっていうかなり難しい技術も手に入るわ。仕事でもプライベートでも使えるから身につけて損はないわよ。

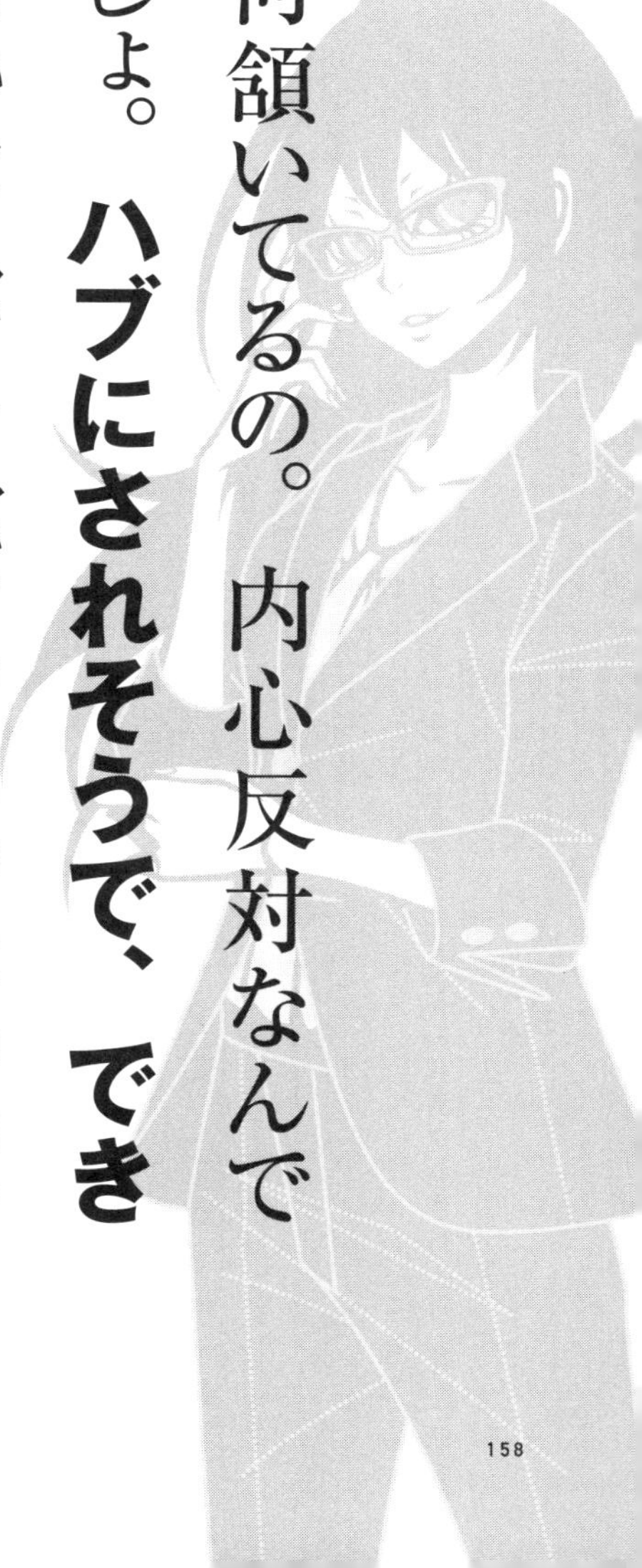

何頷いてるの。内心反対なんでしょ。**ハブにされそうで、できないなんて、バッカじゃないの。**私を見てよ。誰もが付き従ってくるわ。

#ドSな言葉
#KYになる

空気？　そんなもの読めないに決まってるでしょ。誰に聞いてるの？　だいたい私、読む必要なんてないもの。なんでその場の雰囲気に合わせなきゃいけないのよ。不愉快だったら出て行くわ。それで困ったことなんてないわよ。だって、私、天才だもの。必ず的を射た答えを言うわ。そしたら周りが勝手についてくるに決まってるじゃない。

自分はその器じゃないからできないって言うの。まあ、私ほどのカリスマ性はないものね。でもねぇ、社会人にもなって、自分の意見も持てないってなんなの？　しかも断れずに同僚と合コンに行く？　意気地なしねぇ。それってお金も時間もムダにしてるのよ？

そんなに自分を抑えて平気なことのほうが、私には理解しがたいわ。それじゃ、あなたがAさんだってBさんだって同じことじゃない。自分を自分として認識されないなんて、むしろ居心地が悪くないの？

あなたは、あなたなのよ。

うっわ、意気地なし！　また自分を隠してる。守りに入ってないでハジけなさいよ。**あなた本来の変態ぶり、好きよ。**

#ドSな言葉
#殻を破る

あなたいい人よねぇ。みんなに好かれてる。でもそれはあくまで表の顔。なんで知ってるかって？　私の情報網をなめないでよ。他の人みたいなうすらバカとは違うのよ。

本当は、あなたってグロテスクな南米の虫が好きなんでしょ。家に標本もあるくらいなのよね。でも会社のみんなには言ってない。気持ち悪がられるのが怖いのね。

で、ランチの時間とか、近くにできたレストランの話題かなんかでニコニコしてる。なーんの興味もないくせに。仕事をしているよりよっぽど苦痛じゃないの？　仲間外れが怖いのね。それともマゾ？

ねぇ、いいじゃない。あなたが虫オタクだって知られても。そりゃ最初はちょっと気色悪く思われるかもしれないけど、そのうちみんな慣れるわ。自分を隠さないほうがあなた本来の力も発揮できる。とくに情報収集力。今日からはあだ名はドクター・インセクトね。

さっき悪口言われてたわよ。おめでとう！　やっと一人前ね。今からどれだけネチネチしてくるかしらね。楽しみだわ。

#ドSな言葉
#悪口を言われて一人前

やったわね。あなただけコーヒーが配られてない。嫉妬されてるのね。周りは敵だらけよ。おめでとう！

何？　敵対関係を作るのがイヤですって？　バカねー。お人好しもいいところだわ。全員に好かれるなんて、あり得ない妄想をしてるの？

社会には他の人の出方を伺ってる人がいっぱいよ。みんなそれなりに揉まれてきてるから、その人の成果次第で他人の実力を測ることもできる。それがうーんと下だったらバカにされるだけ。ううん、相手にもしてくれないはずよ。

それが自分を脅かす存在になったら、危険信号発信ね。逐一あなたの行動を見ては、影でコソコソ言ったり足を引っ張ったりするでしょうね。その人の出世に影響が出てくるかもしれないもの。でもそれってあなたを認めたってことだから。次はどでかいノックがくるようにしたいわね。そのためにも、もうちょっと精神力鍛えときなさいよ。

死ぬ気でがんばるなんて言っても、どうせ死なないんだもの。**要するに負けてもいいと思ってるんでしょ。**骨は拾わないわよ。

#ドSな言葉
#本気で勝ちに行く

そうよね。死ぬ気になればなんでもできるわよね。その意気よ！　なんて、もう言わないわよ。そのセリフ、いいかげん聞き飽きたもの。

あなたの仕事は、がんばりすぎれば死ぬわけ？

今まで命の危機を感じるほどがんばったことがある？

答えられないでしょ。だってないもの。あなたの仕事なんかじゃ死なないって知ってるでしょ。なのに、「死ぬ気でやります！」だなんて、口だけでごまかそうとしてるのね。

だから仕事が甘くなるのよ。「死ぬ気」とか言うならもっと実質的なことを考えてみなさい。もっと後戻りできないこと。……あら、よく言ったじゃない。失敗したら、あなたのパソコンのデータを全部消すのね。それは気に入ったわ。もちろん、エロ動画も含むのよ。例外は許さない。

そこまで言い切ったら認めるわよ。最大限にバックアップするわ。死ぬ気で戦ってきなさい。骨は拾うわよ。

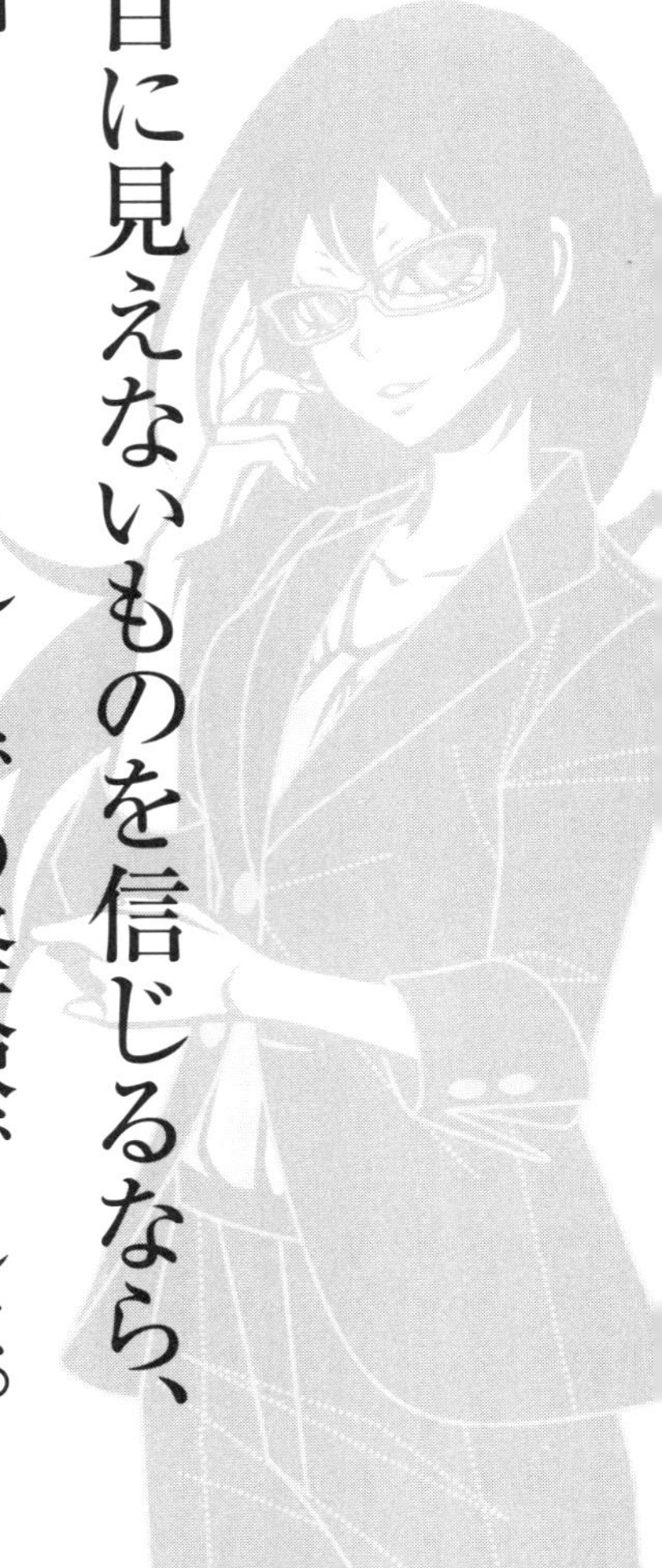

目に見えないものを信じるなら、
神さまよりこれまでの経験でしょ。
忙しい神さまがあなたごときを
見てくれるわけがないんだから。

#ドSな言葉
#神さまだって忙しい

わぁ、それ御朱印ね。あなたにそんな趣味があったなんて知らなかったわ。最近始めたの？　ご利益がありそうねぇ。

なーんて言いたいところだけど、あなたの考えてることはわかったわ。仕事がうまくいってないからでしょう。怒られてばかり、失敗してばかりだから、それをなんとかしたくて神頼み。

バッカじゃないの。世の中、神様が何人いるか知らないけれど、人間の数のほうが多いに決まってる。だとしたら、この地球上であなたより気にかけなきゃいけない人のほうが多いと思わない？　あなた、自分のことばかりで、そういう人たちに目を向けたことはないの？

仕事があって、食べ物があって、住むとこも着るものもきちんと持っているって、本当はすごく恵まれてることなのよ。そこから上に行きたかったら、神頼みじゃ通用しない。どれだけ経験を積んで、それを活かせるか。そっちのほうが神頼みよりずっと確実よ。

諦めるって、心残りにするってことよ。**だいたいあなた、何かやりきったことってある?** このままじゃ未練を残して死ぬわね。私のところには化けて出てこないでよ。

#ドSな言葉
#諦めない

あなたがやりたいって言い出した企画なのに、もうできない、やめたいですって？　はぁー、やっぱり。そうなると思った。

だってあなた、いつも中途半端なんだもの。仕事でもなんでも、最後まで仕上げたことってある？　ないでしょう。きついきついって、悲鳴あげてばかりだものね。あなたほんとに甘ちゃんだわ。私が知ってる中でも最悪よ。同じ部署の人、みんなチラ見してるけど、あなたとは仕事したくないって思ってるんじゃないかしら。

いい？　人って成功したことも覚えてるけど、諦めたり失敗したことはそれ以上に脳に刻まれるの。だって、できない人間って自分にレッテルを貼るんだもの。そして一生その呪縛から逃れられない。

そこから生還する方法は一つだけよ。何かをやり遂げること。一つでも満足いく結果を出してみなさい。その時の達成感、きっとあなたにとっても初めてで最上の喜びよ。

何回目のノックダウンだか知らないけど、もう1回くらいリングに戻りなさいよ。**惨めな敗北ばかりじゃ、それこそ惨めな将来を過ごすのよ。**

#ドSな言葉
#負け続けたまま終わらせない

わかってると思うけど、組織って力のある人を重用するの。あなた、ここに何年いるの？　その間、何も学ばなかったの？　頭の中がスカスカなのねぇ。プロジェクト企画を提出しては突っ返されてばかり。最近諦め気味でしょ。このままずっと平社員でいいと思ってる。

はっきり言ってそういう人、会社にいる価値がないわよ。何にも貢献してないんだもの。給与泥棒じゃない。退職までそれでいくつもり？　どんなにがんばっても評価されなかったって泣くの？

バッカじゃないの？　ここはね、企業なの。あなた、何もできないなんてことはないでしょ。なら、自分が役立つ形にしてもらうように、なんとか交渉しなさいよ。人事だって同僚だって、そのほうが感謝するはずよ。デキモノが一つ消えるんだから。

それであなたは多少役立てそうな部署に行く。それまでもう少し、なんとか踏ん張りなさいよ。

同じ気持ちの人を想像する

次の企画の重圧に負けそう？

日本代表はそれ以上にプレッシャーがかかってるわよ。

あなたも会社代表の気概くらい持ちなさいよ。

#ドSな言葉
#プレッシャーに負けない方法

次の企画、あなたどこ担当だっけ。ああ、今回は大手取引先だったわね。で？　何その足の震え具合。声も上ずってる。ビビってんだ。ダッサ。初めての大手だから？　意気地なし。せっかく抜擢されたのよ。プライドってものがないの？　この企画、何人が狙ってたと思ってんのよ。結果、あなたに白羽の矢が立ったの。それがどういう意味かわかるでしょ。

どうしても緊張が拭えない？　萎縮する？　あきれるわね。あなた昔サッカーのユースにいたって聞いたわよ。強豪も相手にしてたらしいじゃない。今の日本代表だって、知ってる人、いるんでしょう？　ま、向こうは忘れてるかもしれないけど。

彼らは日本代表。あなたは会社代表。どっちも代表よ。でも、そっか、あなたがサッカーを辞めた理由がわかったわ。その萎縮する性格ね。だけど、ずっとそのままでいいの？　今、あなた勝負どころよ。さあ、日本代表並みにいい仕事してきなさい。

あいつには負ける、ねえ。そう思ってるなら負けるわ。**勝てる可能性を放棄してるんだもの。臆病者！**　完璧な人間はいないの。なのに、本当に絶対負けるわけ？

#ドSな言葉
#まだやれる

あの企画、いつもの人に負けたのね。それで？　あなた、残念にも思ってないでしょ。悔しくもない。あの人が相手じゃ、負けても当たり前って顔してる。そりゃあ発想も人を惹きつける話し方も、あの人とあなたとじゃ段違い。勝負にもならないわよねぇ。そんなの当然だって、自分で頷いてるし。あーあ、あなたってほんと弱虫。虫ケラとしても最低ね。踏み潰されて死んじゃえば。

それがイヤなら、ちょっとはがんばってみなさいよ。いい？　人間なんて、誰でも弱点があるの。そして同時に、誰でも得意分野がある。あの人がプレゼンする時のクセをよく見て。口調が軽いでしょ。耳障《ざわ》りがいい。だから、聞いてて「わかった」っていう気分になる。でも本当の趣旨を理解してるのは、その場にいる人の半分くらいじゃない？

あなたのプレゼンは違うわ。分析の内容が深いし、目にも伝わるように画面も工夫してる。あなた初の勝ち点3、入る日もそう遠くないかもね。

ギリギリを楽しむ

プレゼンは明日。なのに資料は中途半端。それで自信がないから帰るって、ヘタレ！ **本番1分前までが持ち時間よ。** ここから詰めて勝ちをもぎ取る醍醐味を楽しみなさい。

#ドSな言葉
#1分前も終わりじゃない

見つけた！　こんなところにいたのね。もしかして、明日のプレゼンの資料ができてないからって、逃げようとしてたの？　ブツわよ！　上司たる私の顔に泥を塗らないで。

それなら手伝ってほしいって？　甘えてんじゃないわよ。自分でやるって宣言したじゃない。あの勢いはなんだったの。その時はできると思ったけど、今はもうムリ？　バッカじゃないの。

あのねー、プレゼンまで今から何時間あると思ってんの。ギリギリまでがんばったって死にゃしないんだからやりなさい。集中してれば、何かいいアイデアが出てくるものでしょ。その域に達せたら、仕事が面白くなる。スポーツで言うところの「ゾーン」ね。その気持ちよさ、１回体験したら二度と抜け出せないんだから。

立ちなさい！　やれることはいっぱいあるってわかったでしょ。お弁当くらいは買ってあげるから、最後までやりきるのよ。

061 最後まで責任を持つ

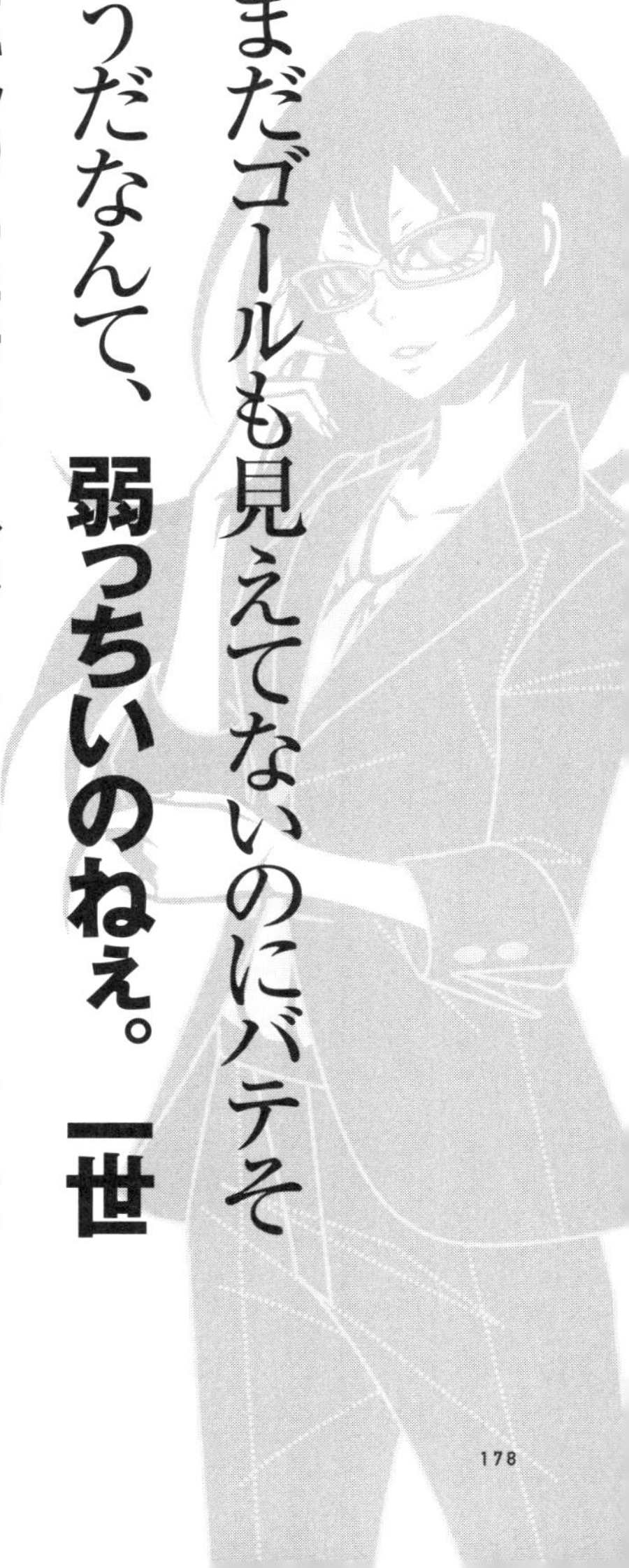

まだゴールも見えてないのにバテそうだなんて、**弱っちいのねぇ。一世一代の仕事なんでしょ。**ほら、栄養ドリンク。これで最後まで走れるわね。

#ドSな言葉
#あと一踏ん張り

視野が狭すぎるわ。「がんばる」と「無茶する」の区別もつかないの？　あなた、今回のプロジェクトが長丁場になるって知ってたんでしょ。それなのに、毎日毎日残業して体調管理もせず、ついには救護室行きってわけ。役立たず！

仕事ってねぇ、結果で評価されるのよ。過程なんてどうでもいいの。あなたがこんなところで倒れたら仕事が全部ストップ。迷惑この上ないわ。わかってるわよ。初めてのプロジェクトだって言うんでしょ。だから自分を追い込んでる。その覚悟は評価してあげる。でも倒れてしまったら、その時点で全部が水の泡よ。それでいいの？　バランスくらい考えなさい。無理なスケジュールであなたは自己満足したけど、自壊した。自分の落ち度よ。救護室の白い天井でも見て反省しなさい。

……ここに栄養ドリンク置いていくから。ちゃんとゴールまで走れるように、体調を整えるのよ。

そんなに緊張してちゃ、大した成績は出せないわ。**実力より緊張のほうが結果を左右するものよ。**オリンピックで楽しかったです、って笑顔の人のほうがたいてい勝ってるものじゃないかしら。

#ドSな言葉
#どんな場面でも笑顔を忘れず

さっきから無意味にうろちょろしすぎ！　プレゼンまでやってるつもり？　まだ2時間もあるのよ。私の視界を出入りされるのもいいかげん飽きたから、そこに座ってなさいよ。

デートも断って、せっかく1週間もかけて準備したんでしょ。でも、このままじゃ大した結果にならないわ。なんでわかるかって？　自分の顔を鏡で見て。ものすごーく引きつってるわよ。この顔で人前に立ってみなさいよ。まず信用されないわ。そんな人に誰が仕事を任せたいと思う？

ちょっと笑ってみなさいよ。嘘でもいいから。うわ、ブサイクね。でもさっきよりはマシよ。ちょっとは落ち着いて見える。先方からしたらこの顔で来られたほうが、安心してプレゼンを聞けるわ。

緊張を克服する秘訣？　それは「楽しむ」ことよ。緊張っていつもチャンスの前にくるの。つまり今、あなたはそれをものにしようとしてる直前ってわけ。そう思ったら、ワクワクしてこない？

このコンペは勝ちたい？ 生半可な相手じゃないわよ。そう。覚悟があるのね。**わかったわ。一皮剥いていらっしゃい。**

#ドSな言葉
#血のにじむ思いで

やるじゃない、あんな大手を相手にするなんて。あ、震えてる。一世一代の大きな勝負だもんね。いいのよ、やめても。勝ち目がほとんどないのは、あなたもわかってるでしょ。自分の器がまだまだだってことも。

「バカにしないでください、震えてるのは武者震いです」? あなたも大口を叩くようになったのね。変わってないように見えて成長しているのかしら。でも、ダメよ。やる気のあまり、冷静さを欠いてるみたいだし。代わってあげよっか?

え、私の提案を断るんだ。本当にいいの? かなりキツイわよ。それこそ、恋人にも会える時間はないでしょうし、それどころかちゃんとご飯を食べられるかも疑問ね。きっとコンビニ弁当が精一杯よ。

はぁ、あなたも頑固ねぇ。何が障害になっても、絶対にやり遂げたいって言うのね。わかったわよ、わかったわ。私の負け。覚悟は本物だって認めるわ。時々差し入れしてあげるから、最高のものを作りなさい。

第5章

一瞬がんばるより、「習慣的」にがんばりなさい

泣く子と地頭には勝てぬ殺人事件　第３部

二日後。

代官山たちは現場となったトウカイタワー近くにある室田署の取調室にいた。浜田の前にはデスクを挟んでひとりの男性が身を縮こまらせながら腰掛けている。顔面は蒼白でソワソワと落ち着きがない。

「星野慎也さんでしたね」

浜田が声をかけると男性は顔を上げてうなずいた。年齢は二十五歳、職業はフリーターだと言っていた。

「どうして今さらになって出頭してきたんですか」

「あの時は気が動転しちゃって逃げ出したんですけど、冷静になって考えてみると怖くなっちゃって」

星野は辛そうな声で答えた。

「とりあえずもう一度、詳しく話を聞かせてもらえますか」

浜田はデスクの上で手を組み合わせると星野に顔をグッと近づけた。

救いようのない童顔だけにまるで迫力がない。

「二ヶ月くらい前ですかね、家の近くの電信柱に求人広告が貼りつけてあったので電話をしたんです……」

それから星野は当時の出来事を思い出すようにゆっくりと語り始めた。

星野は居酒屋のバイトを辞めて次の働き口を探していた。居酒屋は激務で体力的に辛かったので、次は楽な仕事を希望していた。ある日、電信柱に貼りつけられた求人広告が目に留まった。内容は「監視員」とあり、勤務時間は長かったが破格といえる時給だった。さっそく電話をすると年配と思われる女性の声が対応してくれた。中道真記子と名乗るその女性が雇用主のようで、話はすぐにまとまり指定した日にトウカイタワーの二階のオフィスに出向いた。そこには二人の男性が仕事をしていた。ひとりは年配の男性で黙々と折り鶴を折っている。もうひとりは星野と同年代の若い男性で、彼は年配男性のすぐ近くの椅子に腰掛けてじっと相手の仕事ぶりを見つめていた。

星野が声をかけると片岡と名乗る若い男性が対応してくれた。年配の男性は手を休めず鶴を折り続けていた。片岡の説明では彼も「監視員」のバイトであり、ただひたすら年配の男性が作業をサボらないよう監視するだけだという。年配男性が手を休めたりすれば注意することもあるそうだ。雇用主からは一瞬でも男性がサボらないよう厳しく対応するように命じられているという。しかし片岡も雇用主とは一度も対面していないそうだ。

片岡曰く、楽で高給な美味しいバイトらしい。

それから彼と交替で星野が監視することとなった。東海林という年配の男性は黙々と作業を続けている。極力私語を慎むというルールが課せられていて、星野も東海林も守っていた。とはいえ軽作業だから彼にとっても楽な仕事だろう。むしろ星野にとって退屈は苦痛なくらいだ。

ただ、こんなに大量の折り鶴を作ってこの会社はなにで稼いでいるのだろうという疑問がくすぶっていた。片岡は給料さえもらえればと気にしていないようだ。

バイトをはじめて一週間が経ち、十日が経っても中道真記子は姿を見せない。片岡を含め他のバイト数人と東海林だけである。

バイトをはじめて二週間ほどした頃だろうか。

「星野くん、ちょっと手ぬるすぎないか」

と交替のタイミングで片岡に言われた。

「このオッサン、絶対に俺たちのこと舐めてるよ」

片岡は作業を続ける東海林を眺めながら声を尖らせた。

「そうかなあ。ちゃんとやってると思うけど」

「甘いんだよ、星野くんは」

そう言うなり片岡はデスクの上の折り鶴のいくつかを鷲づかみにするとクシャクシャにしてゴミ箱に押し込んだ。

「なにするんだよ」

星野は片岡を止めようとしたが、彼は「いいんだよ、これで」と愉快そうに言った。

そして東海林に近づく。

「東海林さん、最近、仕事に身が入っていないんじゃないですか。鶴を見ればわかるんですよ。全然心がこもってないってね」

片岡はいきなりデスクを蹴飛ばした。東海林は背中をのけぞらせる。デスクは倒れて折り鶴が床に散乱した。片岡はそれらを楽しそうに踏み潰していく。

「はい、やり直し～」

片岡はケラケラと笑い声を振りまきながら帰宅していった。

しばらく呆然としていた東海林だったが、彼はデスクを元に戻すとまた再び黙々と鶴を折り始めた。

「大丈夫ですか」

心配になって星野は声をかけた。

「私語は禁止されてますから」

東海林は疲れたような声で返した。自分の息子くらいの若造にあんな仕打ちを受けても、逆らわずに作業を続けている。その瞳は夢も希望も諦めきったようにどんよりと淀んでいた。


そして二日前、星野の目の前で東海林が倒れたというわけである。呼吸が止まった彼を見て、急に怖くなってその場を逃げ出したと証言した。

「すぐに病院に電話すればよかったじゃないですか。そうすれば助かったかもしれない。保護責任者遺棄の罪に問われる可能性がありますよ」

「だ、だから急に怖くなっちゃって……本当に申し訳ないと思ってます」

「雇用主には連絡したんですか」

「ずっと不通で連絡がつきません」

すでに中道真記子という雇用主のことは調べてある。実在する人物ではあるが、新宿の公園でホームレスになっていた。本人も見つけ出したが今回の件とは無関係であることがわかった。ただ以前、戸籍や身分証を売ったことがあるので、犯人はそれを使って中道真記子になりすましたのだろう。しかしあのような会社を立ち上げて、いったいなにが目的だったのか。不可解な点も多い。

「あなた、他のバイトの人たちみたいに東海林さんを虐げてないの？」

突然のマヤの問いかけに星野の顔色が変わった。

「そ、そんなこと……」

「どうなんだっ！」

代官山は大きな声で怒鳴ってデスクの上を両手で叩きつけた。星野は思わずといった様子でのけぞる。

「さ、サボろうとするからですよ！」

星野はそう口走ると手で口を塞いだ。

「どういうことですかね」

浜田がペンでデスクの上をコンコンとつついた。

「東海林さんは一生懸命作業をしているふりをしながら、こちらがちょっと気を抜くと手を休めるんですよ。そんな彼を監視して作業の効率を落とさないのが僕の仕事です。仕事に身を入れてもらうために発破をかけました」

「具体的には？」

浜田は前のめりになって聞いた。

「片岡さんがやっていたようなことです。あとは言葉による指導ですね」

「せっかく作った折り鶴を潰してゴミ箱に捨てたんですね。そして暴言を浴びせた」

「ぼ、暴言じゃありません。教育的指導です」

星野の顔からはさらに血の気が引いている。

「あなたたちのそのような行為が東海林さんの命を縮めてしまったかもしれない。そう考えられませんか」

「あり得ないですよ。僕は純粋にバイトとしての職務を果たしただけです。僕がしっかりしないと作業効率はだだ下がりになっちゃうじゃないですか！」

「あなたも手伝えばよかったんじゃないの」

「言い忘れたけど監視人は作業に手を貸してはいけないというルールがあるんですよ！　刑事さん、信じてください！　僕は真面目に仕事をしただけなんです。こんなことになるなんて思いもしなかった」

星野はそのまま肩を振るわせた。目からは大粒の涙がこぼれている。

その後、星野の経歴を調べてみたが東海林との接点はなにひとつ見当たらなかった。

他の三人のバイトも星野の証言から身元を割り出して事情聴取したが、彼らも東海林との接点は皆無だった。

第4部（P238）へ続く

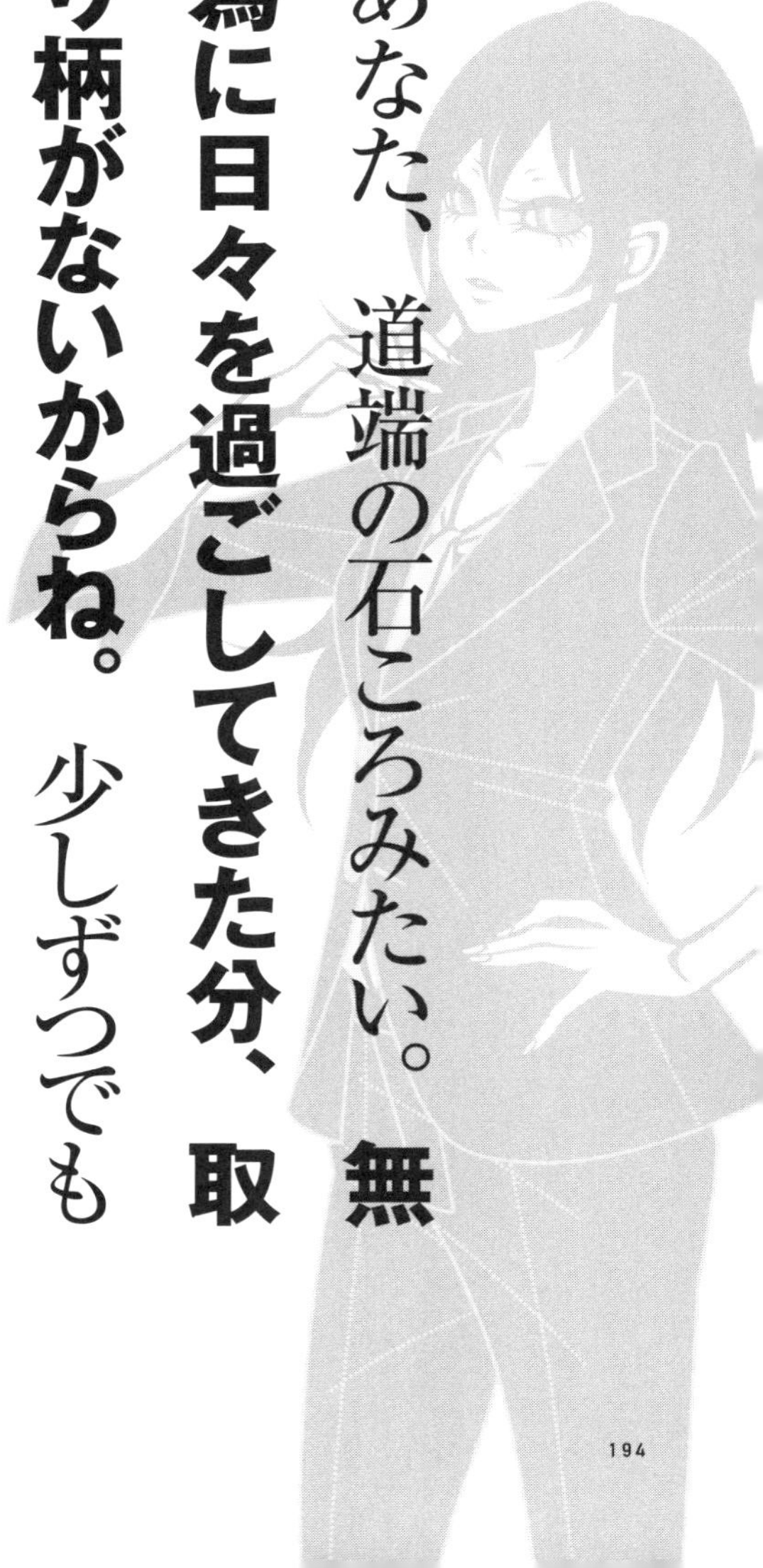

あなた、道端の石ころみたい。**無為に日々を過ごしてきた分、取り柄がないからね。**少しずつでも毎日磨いてたら誰か拾ってくれたかもしれないのに。

#ドSな言葉
#自分磨き

取り柄のない人間っているのよね。勉強も、スポーツも、美貌も、人間関係も、ビジネス感覚も、芸術センスも、なーんも持ってない。どうやって生きていくのかしら。お先真っ暗ね。かわいそうに。

……なんて言うはずないでしょ。

自分の売りが何もないなんて、あなたこれまで何をしてきたの？　ねぇ、どうして羽生結弦くんがあれだけ素晴らしいスケーターだかわかる？　それはね、スケートを始めてから今まで、ずーっと努力してきたからよ。それこそ、1年365日、毎日やってきたんじゃないかしら。

エジソンなんて電球を発明するまでに無数の素材を試し続けたらしいじゃない。どんな天才も、ひとつのことを繰り返してきたのよ。

何の才能もない人間なんていないわ。何の興味もない人間もいない。要はそれをどのくらい高めるかなのよ。結局、毎日の積み重ねが大事なの。

わかったなら、自分にできることを毎日磨いていきなさいよね。

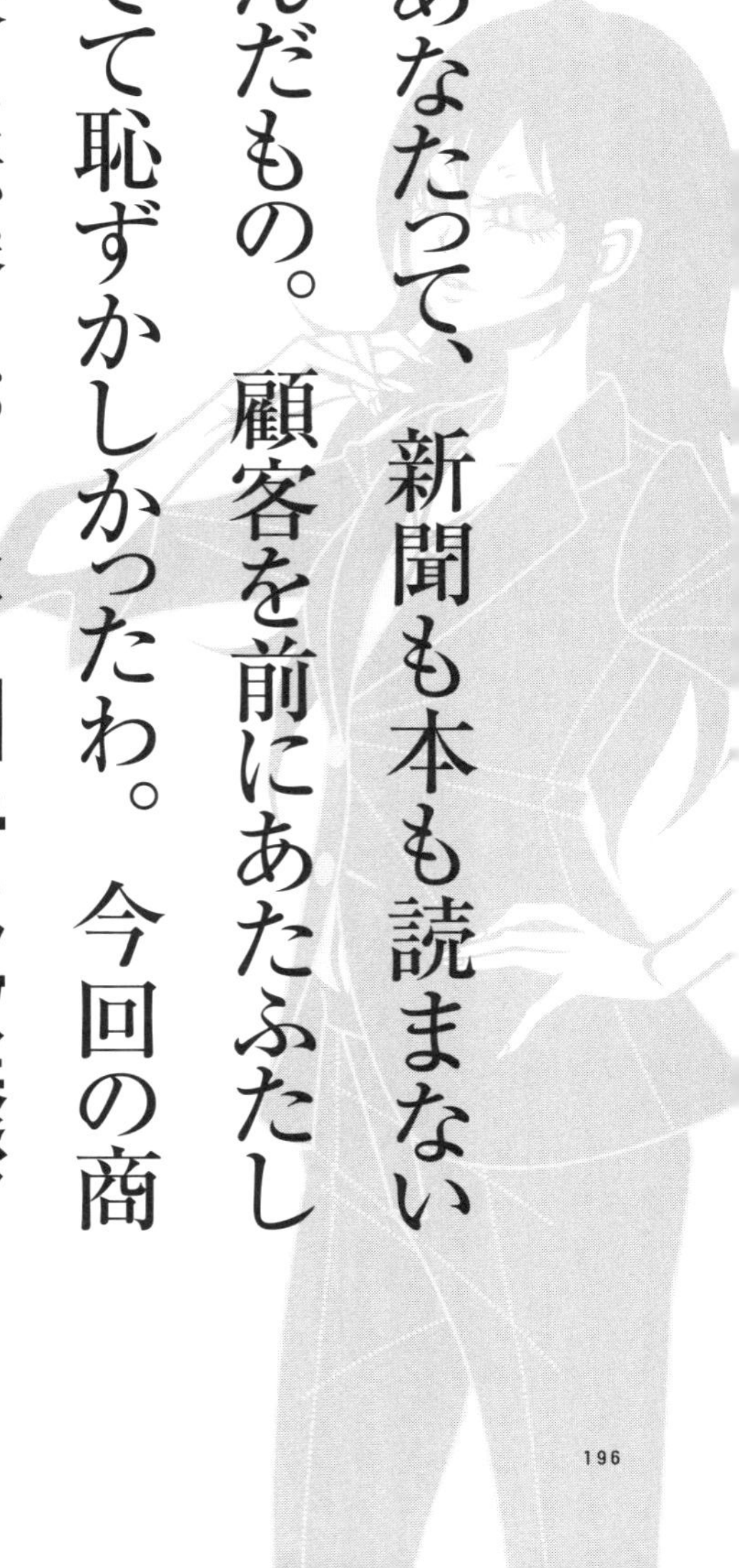

あなたって、新聞も本も読まないんだもの。顧客を前にあたふたしてて恥ずかしかったわ。今回の商談は悲惨ね。**ま、相手は教養ゼロの原始人とは話したくないだろうから。**

#ドSな言葉
#教養ゼロ脱却

いるのよねー、専門分野だけ知ってればそれで十分、一つに長けてれば食いっぱぐれないと思ってる人。世間知らずなのに、それをわかってないから、恥ずかしいことも言うのよね。小学校から入り直せばいいのに。

ねぇ、よく周りを見て。取引相手っていろんな種類の人がいるでしょう。あなた、彼らとは仕事の話だけしかしない？　雑談もするでしょ。政治経済だけの話じゃないわよ。最近流行ってる健康法は何かとか、話題の映画やドラマのこととか。その時に会話が続かないんじゃ、相手は面白くない。信用もなくすでしょうし、相手はあなたとの距離を感じるわ。だとしたら、次の商談は難しいわね。

学生生活が終わって、あとは仕事を覚えるだけ、って思ってたのにねぇ。社会はね、たくさんの種類の人と向き合わなきゃならないところ。その分、知識を増やさなきゃならないの。

そうしてやっと、一人前への一歩を進めるんだから。

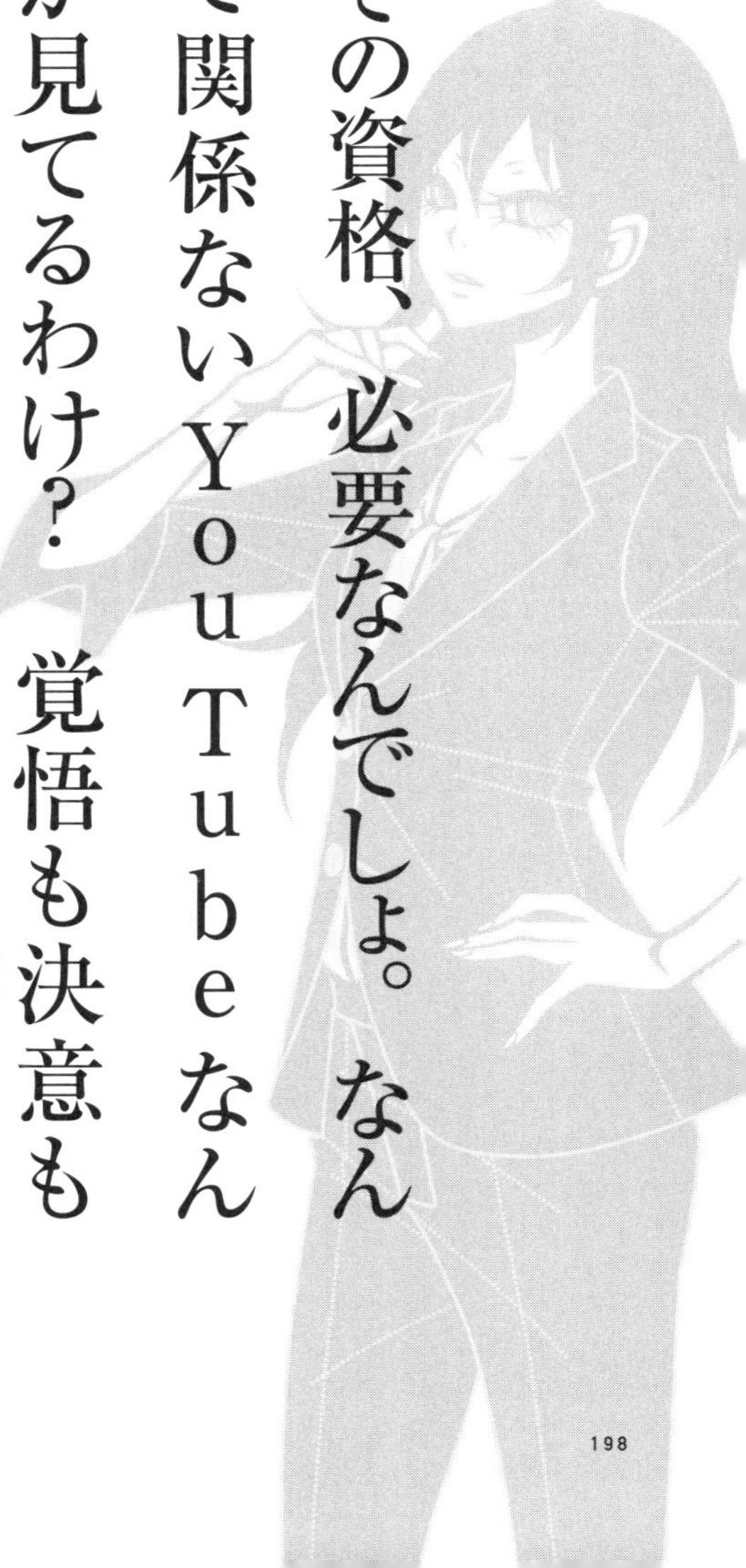

その資格、必要なんでしょ。なんで関係ないYouTubeなんか見てるわけ？　覚悟も決意も完璧じゃないのよ。**誘惑に溺《おぼ》れて、まるで、猿以下ね。**

#ドSな言葉
#覚悟と決意を持つ

あーあ、魅力的だったのになぁ。部長に罵倒されて、それでも上に行きたくて資格取得に励んでたあなた。やつれてて、それでも獣の目をしていた。たまらなかったわ。ムダに時間だけを費やして睡眠時間の少なさを自慢してた頃より、ちゃんと勉強してて立派だったのに。

なのに、何？　その部長が異動したら、いきなりの腑抜け顔。緊張感がなくなったからって、あんまりよ。最近は机に座ってても、スマホでＹｏｕＴｕｂｅとか芸能サイトとかを見てばかりじゃない。しかも、何時間も。そりゃあ、そういうのって面白いけど、でも今のあなたの役に立つ？　やるって言ったことを投げ出すものじゃないわ。

その資格、部長がいてもいなくても必要なんでしょう。でも、このままじゃ、受からないわね。あなただってそう感じてるはず。覚悟が弱いのよ。薄っぺらなのよ。このままじゃ、あなたの人生、ペラペラのままで終わりね。私が見誤ったわ。

狭い世界でも一番を取る

067

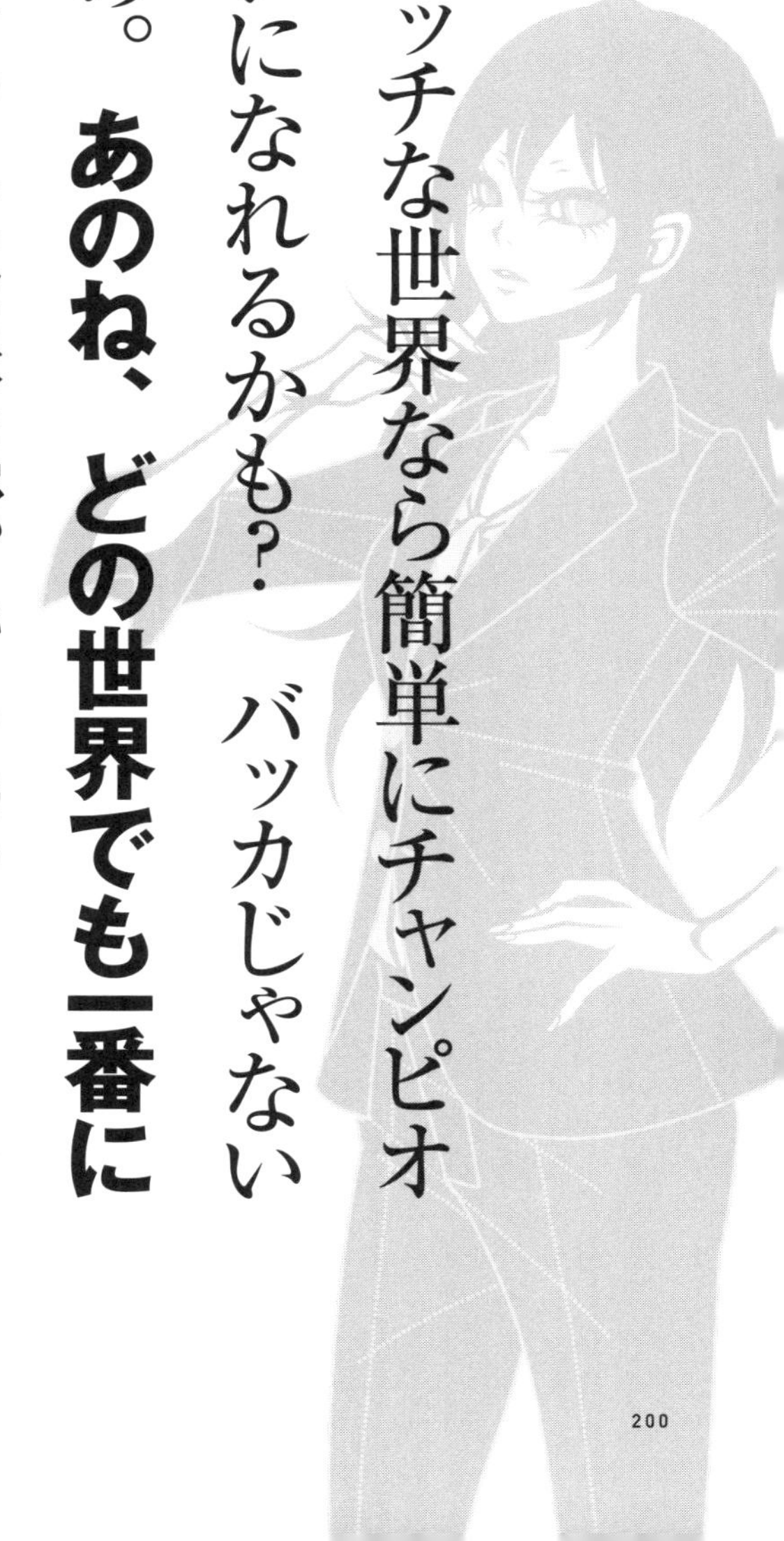

ニッチな世界なら簡単にチャンピオンになれるかも？ バッカじゃないの。**あのね、どの世界でも一番になるには根性がいるの。** あなたにそのガッツはある？

#ドSな言葉
#全力で一番を取る

消しゴム似顔絵で世界一になる？　何それ。消しゴムに似顔絵を彫るのね。変なあなたらしいわ。それ、世界で何人くらいやってるの？　300人？　500人？　その中で一番を取りたいんだ。人数が少ないからライバルも少ないって考えてるのね。いい根性してるじゃない。

何事にも可能性というものはあるものね、あなたにできないなんて断定はしないわよ。ただ、同じことをしている人はそれなりにいるわ。きっとみんな本気。一番を取りにいってる。あなた、そんな人たち相手に勝つ自信はあるの？　でもまぁ、ね、あなたの器用さは認めてるし、この前描いた大谷選手の似顔絵もしっかり特徴をとらえていて、面白かったわ。意外と向いているかもね。だとしたら、私からのはなむけの言葉は一つ。

自分の全てをかけなさい。

ちょっとでも甘かったら、引きずり下ろされる。勝負の世界ってそんなものよ。勝った暁には1回くらいレストランでご馳走してあげるから。

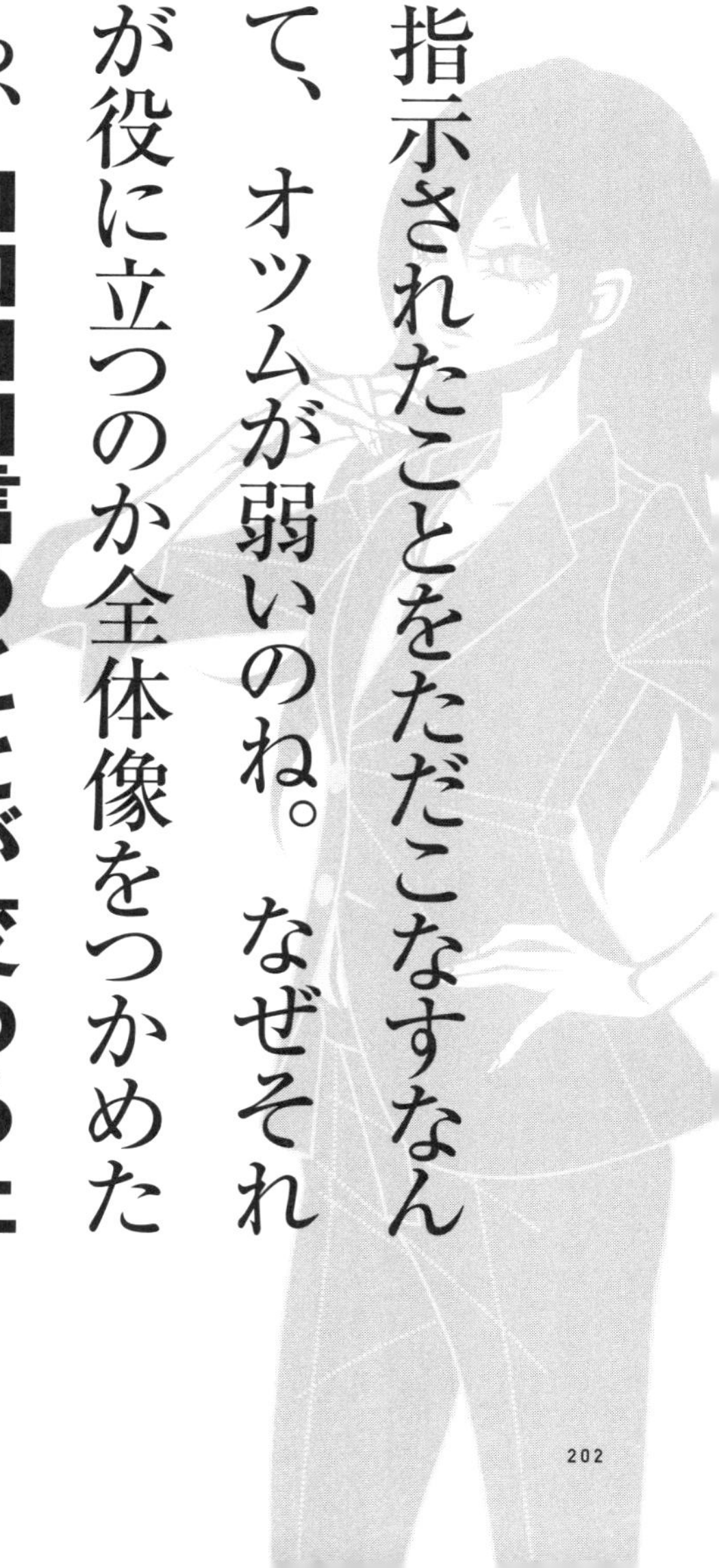

指示されたことをただこなすなんて、オツムが弱いのね。なぜそれが役に立つのか全体像をつかめたら、**コロコロ言うことが変わる上司を先回りして黙らせられるわよ。**

#ドSな言葉
#先回りして黙らせる

自分は出世が早いですって。バッカじゃないの。それってただ優秀な先輩の下についてるってだけじゃない。言われたことやってるだけ。機械で言うならただの部品の一つよ。だってあなた、自分の仕事が全体にどう役立ってるか、わかってないでしょ。

なにモゴモゴ言ってるのよ。言い訳？　あなた、このままじゃ、リーダーはおろか、そのうちチームにも無視されるかもね。だって、言われたことしかやらない御用聞きマンなんて、使い捨てだもの。

そんなのイヤだ？　じゃあ、テストをしてあげましょうか。現状を見据えて、次に何をしたらいいか、トラブルにはどう迎え打ったらいいか、今すぐ答えてみなさい。5秒あげる。5、4、3、2、1、0。顔をしかめてもダメ。今のあなたには無理なのよ。出世するのは全体像を俯瞰《ふかん》した上で戦略を練られる人。与えられるんじゃなくて、自ら考え、作り出せる人よ。あなたがそこまでいくには、随分と時間がかかりそうねぇ。

やり直しよ、やり直し！ **こんな反省文、読めたもんじゃないわ。**こっちを窺《うかが》ってそれらしい言葉を並べてるだけ。一度自分を省みて、本当はどんな人間なのか考えた上で出してみて。

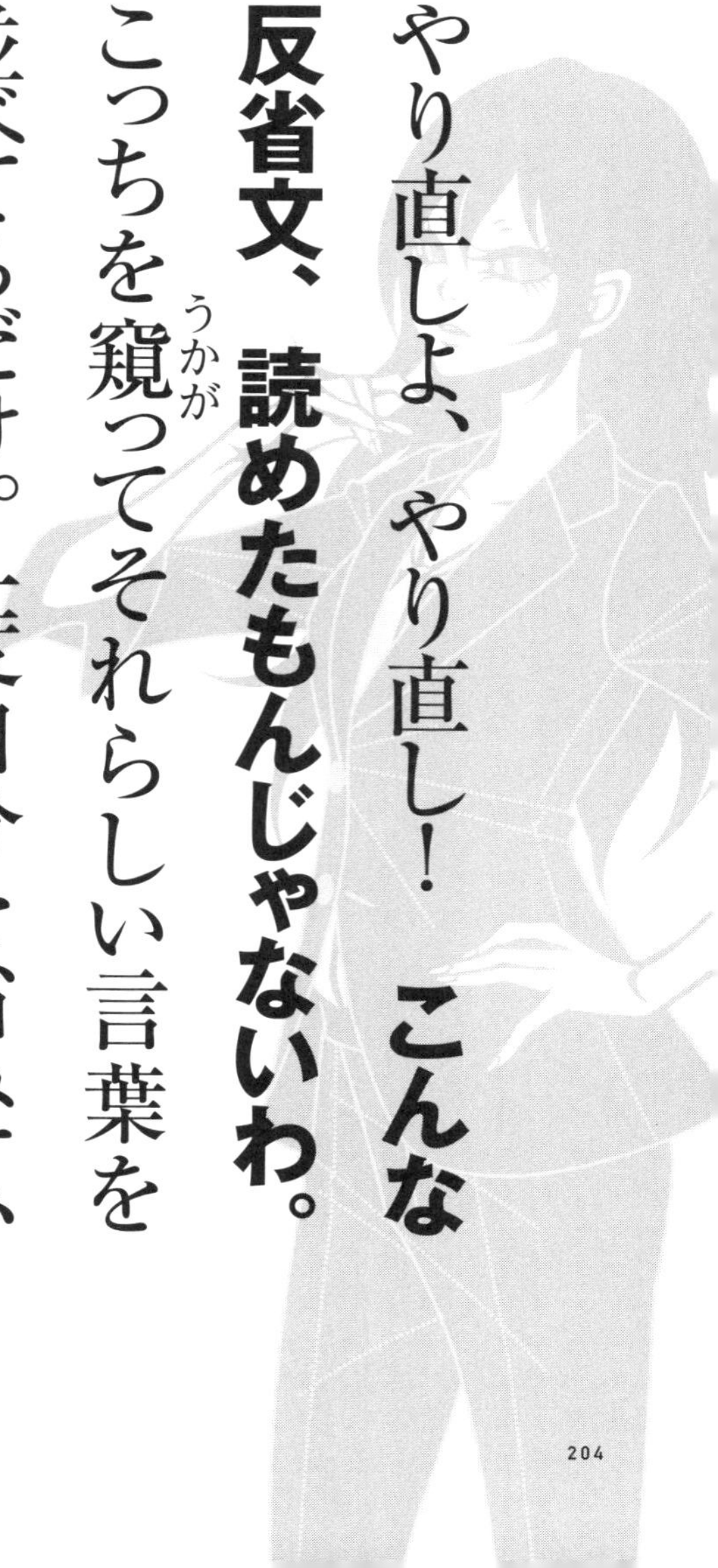

#ドSな言葉
#自分を見つめ直す

今度こそ生まれ変わる、同じ失敗はしない、だから絶対に足を切らないでくれ、なんて反省文、ああ、何回読んだかしら。ついでに言えば、何度その言葉に騙されたかしら。だってあなた、同じ失敗をしてばかりじゃない。アホみたいにね。

どうしたらいいかわからない？　中国の秘境に入って、仙人にでも聞いたら。やだ、マジにとらないでよ。意外なところで真面目なのね。

どちらにしても、あなた、今のままじゃダメなことはわかってるのよね？そういう時、何するんだっけ？　覚えてないの？　何度も言ったじゃない、このボケナス。まずは自分で自分のことを反省するのよ。人に言われる前に自分のことを省みる。それから、今までの経験と照らし合わせて、見えていたとこと、見えてなかったこと、やるべきこと、やらなかったことを理解する。自分を知るのが、一番の武器よ。

次の行動を起こすのは、いつもそれから。

「これが自分の仕事の進め方」なんて、偉そうに。クライアントは毎回違うの。相手に合わせた対応をして当然じゃない。**この独りよがりの石頭！**

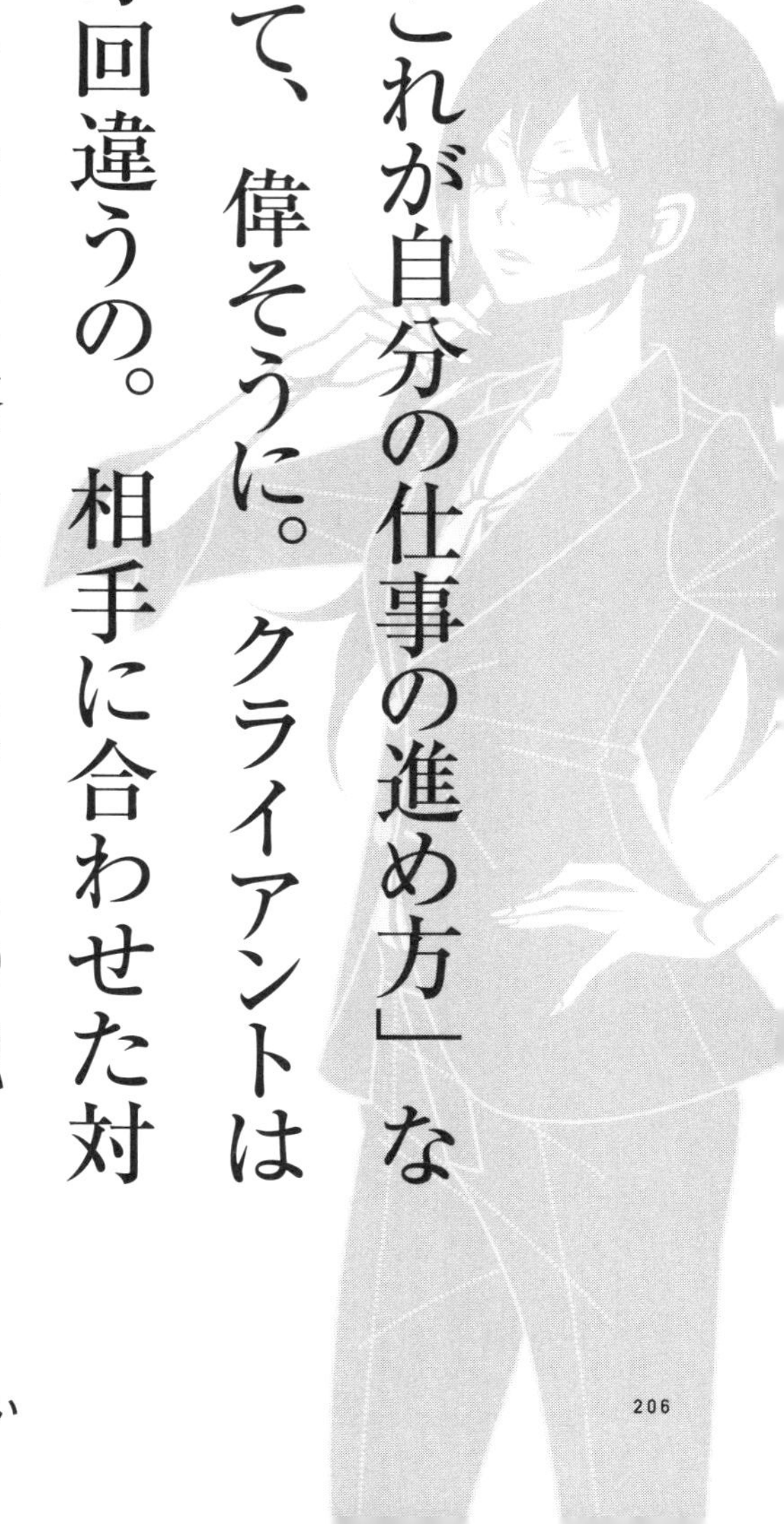

#ドSな言葉
#独りよがりにならない

その工程表、何兆回使ってるの？　A社もB社も同じだなんて、双方に知られたら、あきれられるわよ。しかも、違う依頼内容なのに同じ工程って、ムダや食い違いが出るに決まってるじゃない。先方にもこちらにも損だわ。何、これがベストだと思って使ってる？　石頭にもほどがあるわ。しかもその頭、マジで石程度の脳しか入ってないわね。

ねぇ、B社から断りの返事がきたわよ。他社に決めたって。自分の案のほうがよかった、ってむくれてるの？　むしろ当然の結果じゃない。

いい？　仕事の進め方に自信を持ちたいなら、柔軟じゃなきゃ。どんな要求にでも応えられるくらいにね。あぁ、それってあなたの一番苦手なところだったわね。でも、これからもその脳なし石頭なら、また断られるわよ。そのうち依頼もされなくなる。「できない人」になるのよ。

それがイヤなら、とっとと他の人の仕事を見て勉強しなさい。いまからでも遅くはないわ。いつ始めたって勝負は勝負なんだから。

後ろめたいことはやらない

見たわよ。今、後輩の企画、横取りしようとしてた。あの子は味方だから他言しない？ 問題をすり替えないで。**あなた、ホルマリン漬けにしてあげましょうかしら？**

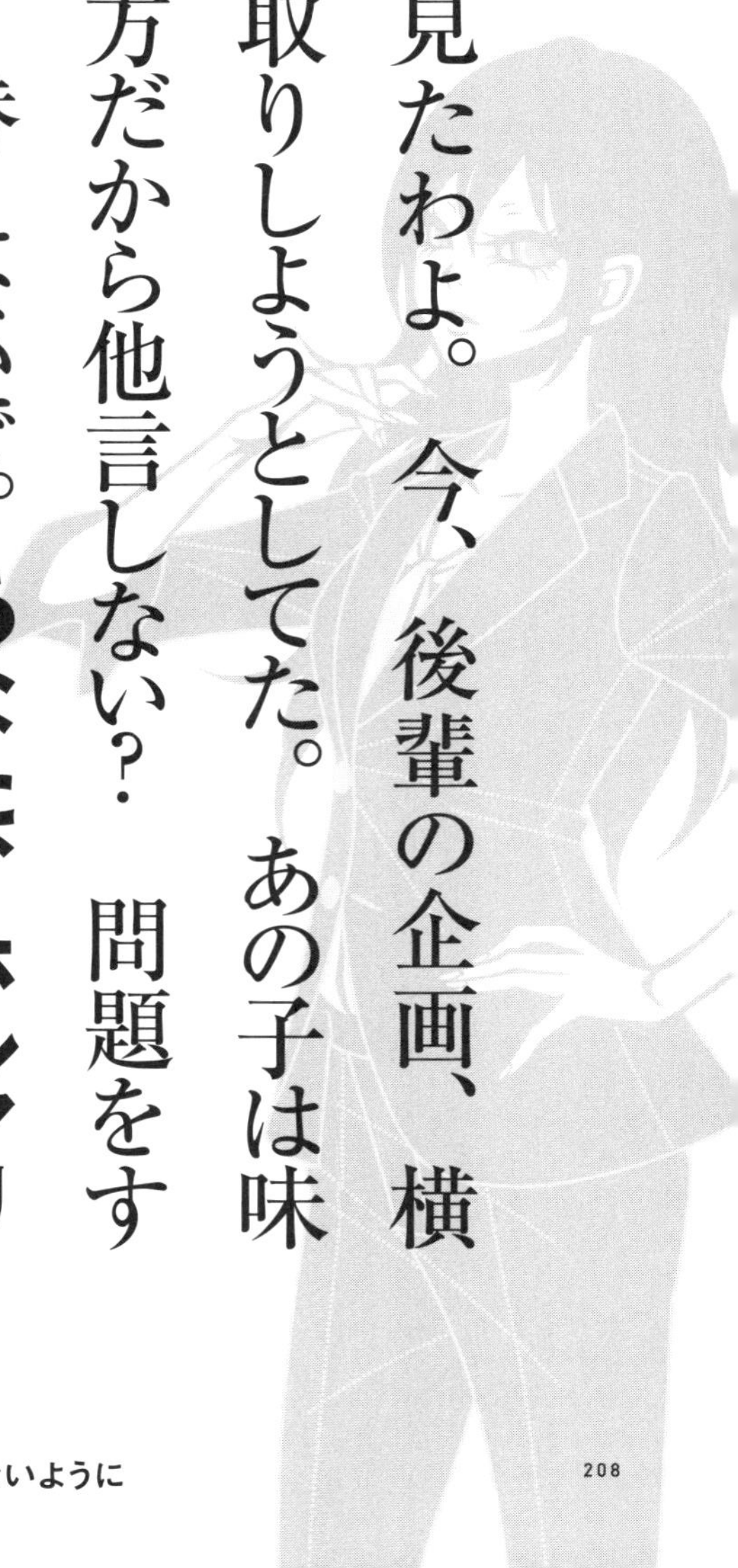

#ドSな言葉
#ホルマリン漬けにされないように

新人時代にはアイデアマンと言われてたあなたが、そんなズルするとは、まぁ驚いたわ。その企画、あの子が作ったものでしょう。それを自分の名で出そうだなんて、あなたも随分ズルくなったのね。

スランプなんだから許してくれ？　アリみたいに踏んづけるわよ。

この仕事が成功したら、あなたは次の役職に進むでしょう。支持してくれてる人もいるしね。けれど、この企画を持って行ったら、あなたの昇進は、人のものを盗んで得たものという意識がつくわよ。そんな後ろめたい気持ちのままで、仕事できるの？

ねぇ、盗むと自分で自分を追い込むの。後ろめたいって、ずっと引きずるの。もしこの仕事を辞めても、それでも付いて回る。わたし、あなたのこと買ってたから、そんなの見たくないわ。

あ、泣いた。こっちの言葉に感動してる。私の勝ちね。これでもう、絶対大丈夫だわ。

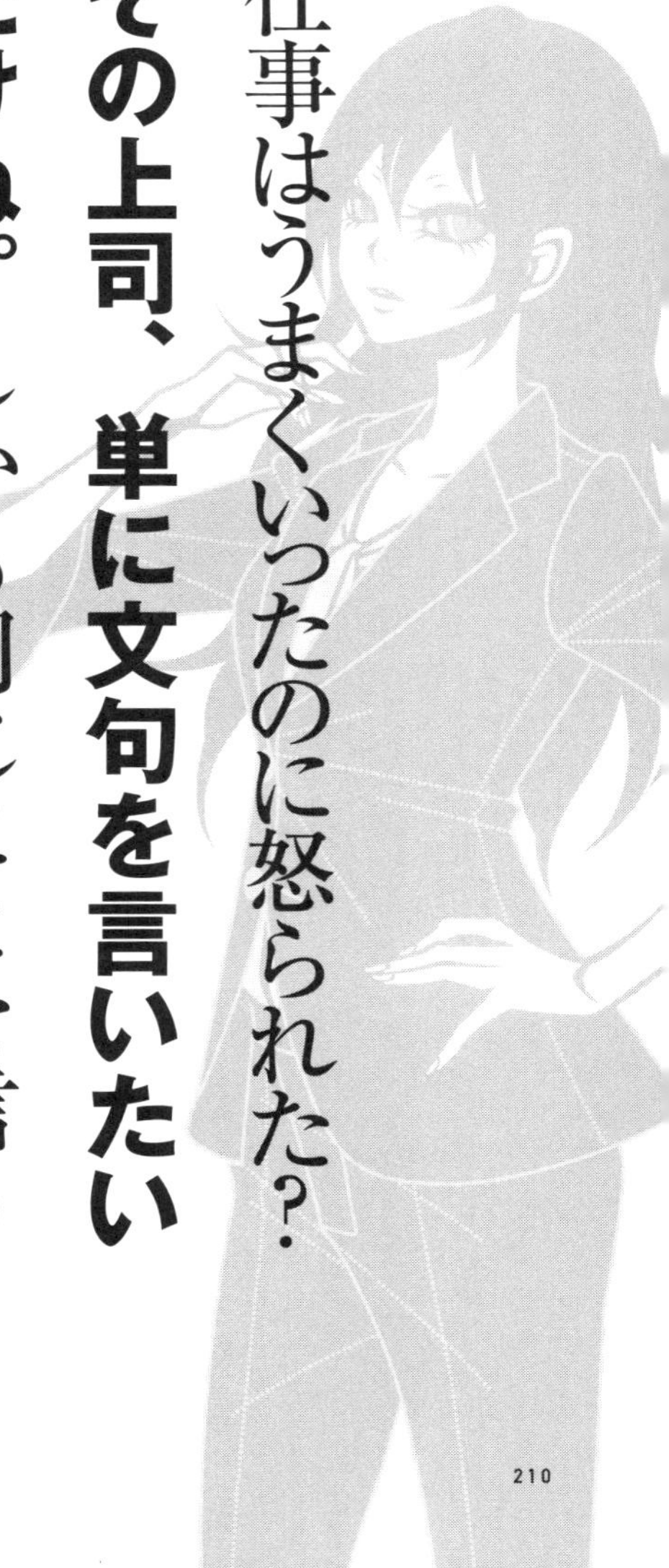

仕事はうまくいったのに怒られた？
その上司、単に文句を言いたいだけね。しかも同じことを言うしか能がない。放っておきなさいよ。
ベストは尽くしたんでしょ？

#ドSな言葉
#無能上司は無視する

あなた、ほんっとにダメよね。あ、仕事のことじゃないわよ。その性格。上司に言われたこと、全部鵜呑《うの》みにして、自分のことを過小評価して落ち込んでる。まあ罵倒されたもんね。悩みもするわよね。

バーカ。そんな甘いこと、言うわけないじゃない。だいたいあなた、何年勤めてるのよ。その割には自分の基準ってモノがないわ。上司が絶対に正しいって、いまだにそう信じてるわけ？　あの人の性格や失敗、あれだけ見てるのに？　バッカじゃないの。じゃあ今回はどうして怒られたの？単に仕事がうまくいきそうなあなたに妬《や》いてるだけだとは思わない？　そのくらいの判断、つけられるようになりなさいよ。

人間って醜いの。特に長く同じところにいる人はそう。いつ寝首をかかれないかビビってて、布団にサバイバルナイフでも隠してるんじゃない？

つまんないやつらの言葉にいちいち引っかかってるんじゃないわよ。あと、そんなやつらみたいになるんじゃないわよ。いいわね。

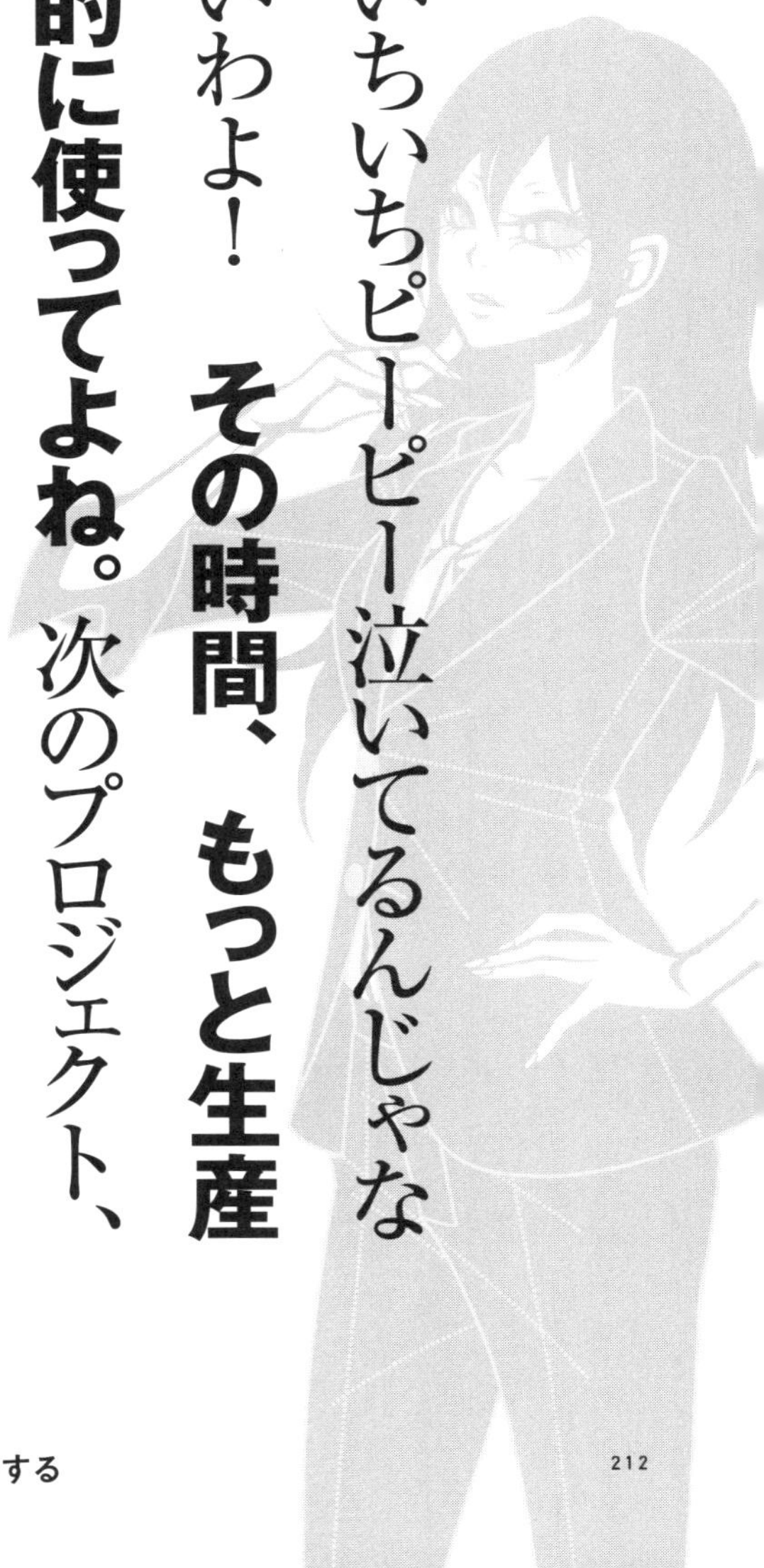

いちいちピーピー泣いてるんじゃないわよ！　**その時間、もっと生産的に使ってよね。**次のプロジェクト、あなたに丸投げするから。　もちろん、できるでしょ？

#ドSな言葉
#生産性のあることだけする

悲しいわよね。すっごい一生懸命がんばったのに、結局プロジェクトは大失敗。ライバル会社に奪われたわね。でも、それ、全部あなたのせいなんだから。

だいたい失敗するたびに泣くってなんなの？　自信がないの？　怒られ慣れてないの？　悔しいの？　ねぇ、その時間、給料として加算されてるってわかってる？　会社はムダなお金を払ってるってわかってる？

何？　そう、わかったわ。じゃあ次のプロジェクト、あなたが責任を持ってリーダーをやってちょうだい。泣いたら針千本の刑ね。

ちなみに私、本気ですから。

私ね、あなたの実力を買ってないわけじゃないの。ただ、心が弱すぎるのよ。それを強化しないと、実社会は渡っていけないわよ。

それを改善するためにも死ぬ気でやってみなさいよ。あ、失敗したら針千本よ。本当に死ぬから。これぞ文字通り死ぬ気でってことね。

はいはい、聞き飽きました。**不満は1回でお腹いっぱい。もう、さっさと忘れてよ。**じゃないとあなた、次も絶対しくじるものね。

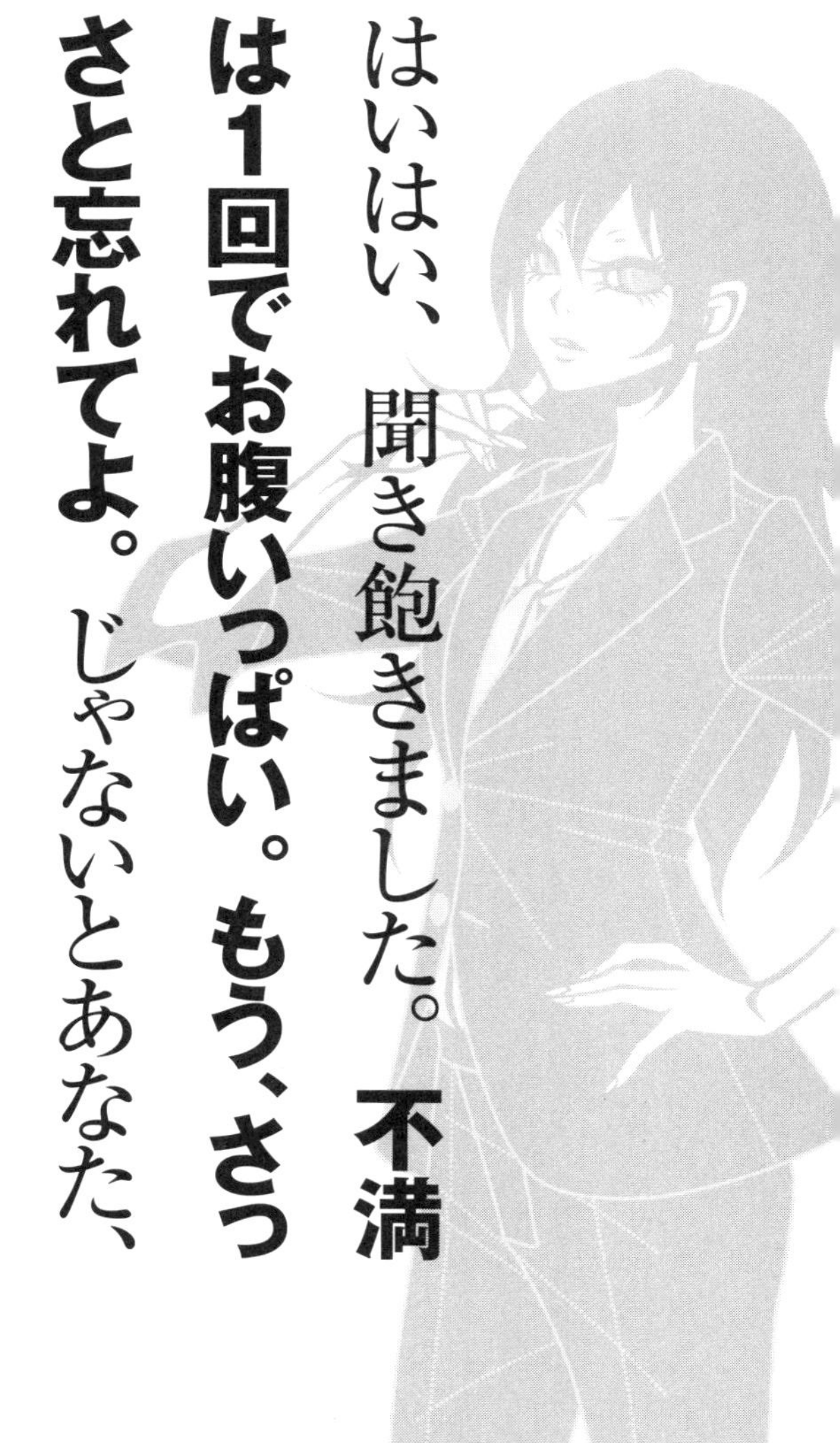

#ドSな言葉
#都合がいいことだけ覚えるのもメリット

女々しい人ねー。ほんっとストレスたまるわー。さっきから何回、ううん、何万回愚痴を言った？　そんなに言ってないって？　こんな冗談で怒るなんて相当余裕がないのね。

言葉ってね、重ねると全部自分にのしかかってくるものよ。いい言葉ならいいことが、悪い言葉なら悪いことが心に積み重なっていくの。愚痴ばっかり言ってるから、一度失敗したら二度目がある。きっと三度目もあるでしょうね。そこまでいったら、学習能力がなさ過ぎてイライラする。その時は、あなたの家に火をつけるわよ。

それで、あなたは三度目をして放火されたいの？　怖い思いをしたくないなら、その前にイヤなことはさっさと忘れなさい。どこかに葬りなさい。そうしたら、なかったことと同じ。まっさらなあなたに戻れるわ。

愚痴は1回まで。その時に全部吐き出すの。で、忘れる。そうやっていけばしくじりが減るから、大きな仕事を任されるようになるわよ。

嫉妬するなら人より自分

075
Chapter5

嫉妬ほど醜いものはないわよ。あの人に負けたからなんなの？**責めるのは負けた自分でしょ。**努力、工夫、熱意。いずれも足りなかったんだもの。

#ドSな言葉
#自分を責める

うわー、カッコ悪。あの人に負けたからって、嫉妬ですか。醜いって言ってもいいわよ、その顔。勝てなかった自分を恨むのがイヤだから、代わりに相手に恨みを募《つの》らせてるのね。

あいつばっかり評価されてズルい？　この回のコンペは自分も応募した？　才能は絶対に自分が勝ってる自信がある？

周りが見えてないのねぇ。あの人は毎日早く出社して、データを分析してたわ。何かできないか、私のところまで聞きに来る熱意もあったわ。あなたはもともと仕事のできる人。だから怠ったのね。才能がどれほどあろうが、努力には負けるの。あなたに足りなかった部分よ。彼が真面目にデスクに向かってた時、自分は何してた？　あなたもきちんと仕事と向き合ってたら、ずっといいものが作れたとは思わないの？

結局自分との勝負なのよ。悔しいって、自分に負けたって感情なのよ。で、次はどうするの？　もちろん負け組のままでもいいけどね。

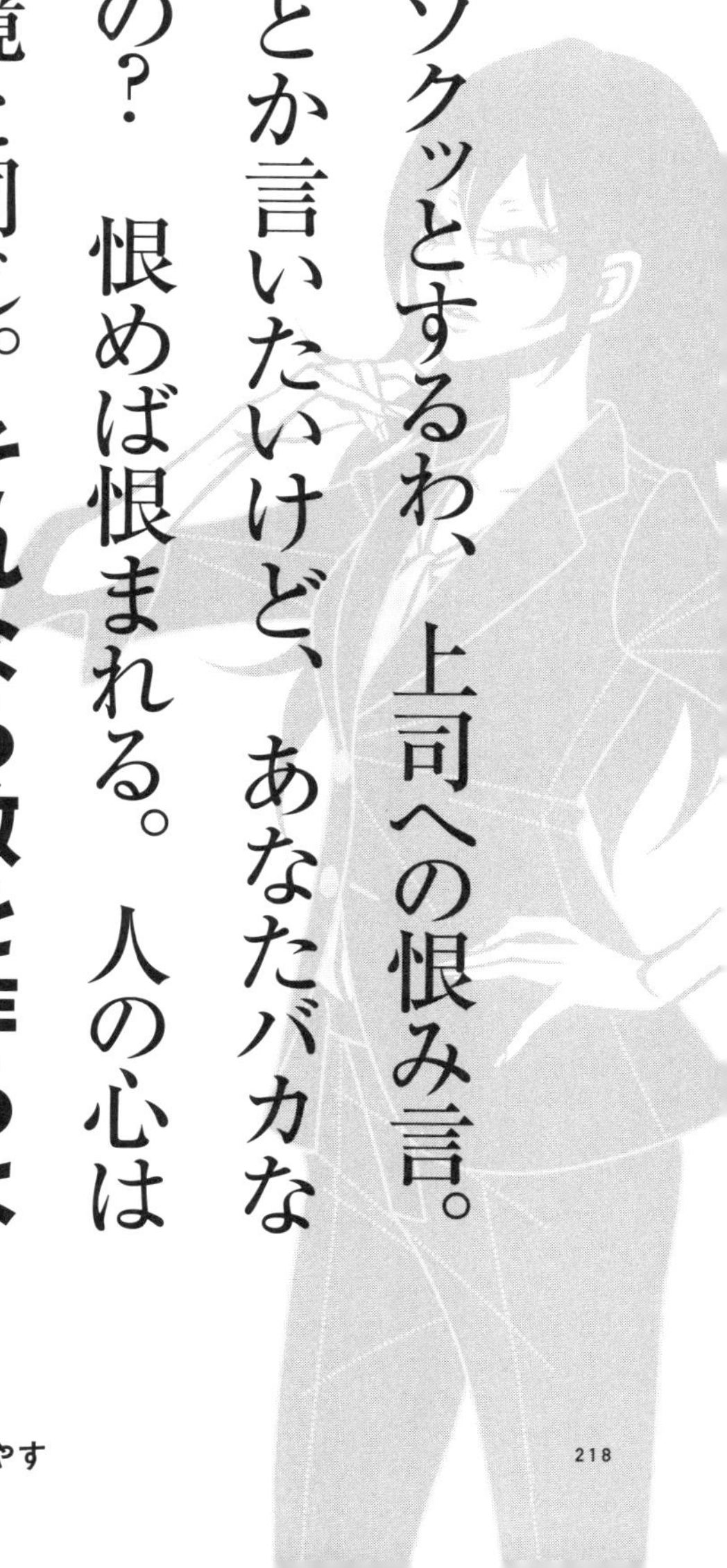

ゾクッとするわ、上司への恨み言。とか言いたいけど、あなたバカなの？ 恨めば恨まれる。人の心は鏡と同じ。**それなら敵を作るより味方を増やすほうがいいじゃない。**

#ドSな言葉
#敵を作るより味方を増やす

よくそれほど恨み言が続けられるわね。そこまで嫌いになれるっていうのもすごいわ。偉そうな命令口調だの、つけてる香水が臭いだの、小さなことまで突っ込むバリエーションの豊かさにも感心する。どうやったら人を傷つけるボキャブラリーが増えるのか、そのうち教えてほしいわね。

でもその上司、キツいのはあなたにだけなのよね。他の人には面倒見のいい上司よ。それは女を贔屓してるからだって？　そんなことないわよ。他の男の人にだって、態度は一緒。親切よ。あの人、根が優しいのね。

意味がわからない？　あなた、人間が浅いのねぇ。人って鏡なの。嫌われれば嫌う。好かれれば好きになる。敵視すれば攻撃するし、味方すれば助けてくれる。あなたがあれだけ嫌ったら、相手だって苦手意識を持つに決まってるじゃないの。それを毎日繰り返すことで、助長させてるのよ。

ねえ、ここは会社よ。嫌われて足を引っ張られるのと、味方にして助けてもらうの、どっちがいいかしらね？

聞こえたわよ。「辞めます」ですってね。**たった1回の失敗で、たった1回怒られたからって、まだまだお子ちゃまねぇ。**

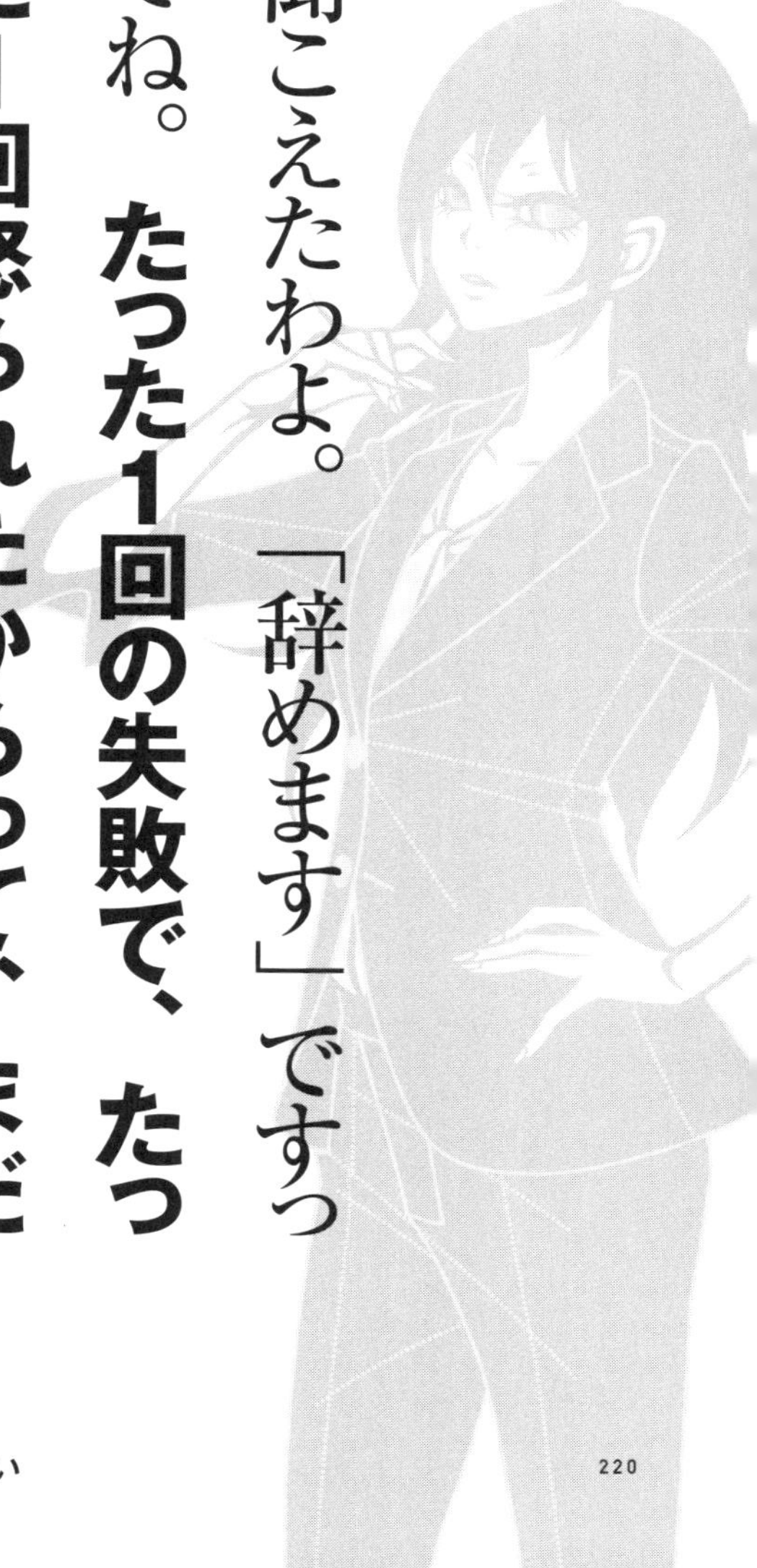

＃ドSな言葉
＃1回の失敗は気にしない

あなたがこれまでどうやって育ってきたかですって？　知らないわよ。でも随分あまーいところにいたことは想像できるわ。ワガママをいっぱい聞いてもらったでしょ。怒ってもなだめてくれる人がいつもそばにいたんでしょ。でもね、あなたは今、社会人。社会に出たからには、ある程度のルールってものを守らなきゃね。は？　それより自分のプライドが大事？　プライドを持って仕事をしてるんだから、それを否定されたら許せない？　で？　あなたはそれで怒るの？　認められなかったから去るの？

どうぞ。自分の感情もコントロールできないなんて、そんな人、いらないわ。出てっても、別に誰も引きとめない。ふふん、それはそれでくやしいんでしょう。そういうところがお子ちゃまなのよ。もう、助けてくれるママはいないんだから。まさか会社にママを呼ぶバカになりたいわけじゃないんでしょ？　自分の心を鍛えなさい。それが社会で生きていくことに一番必要なテクニックなんだから。

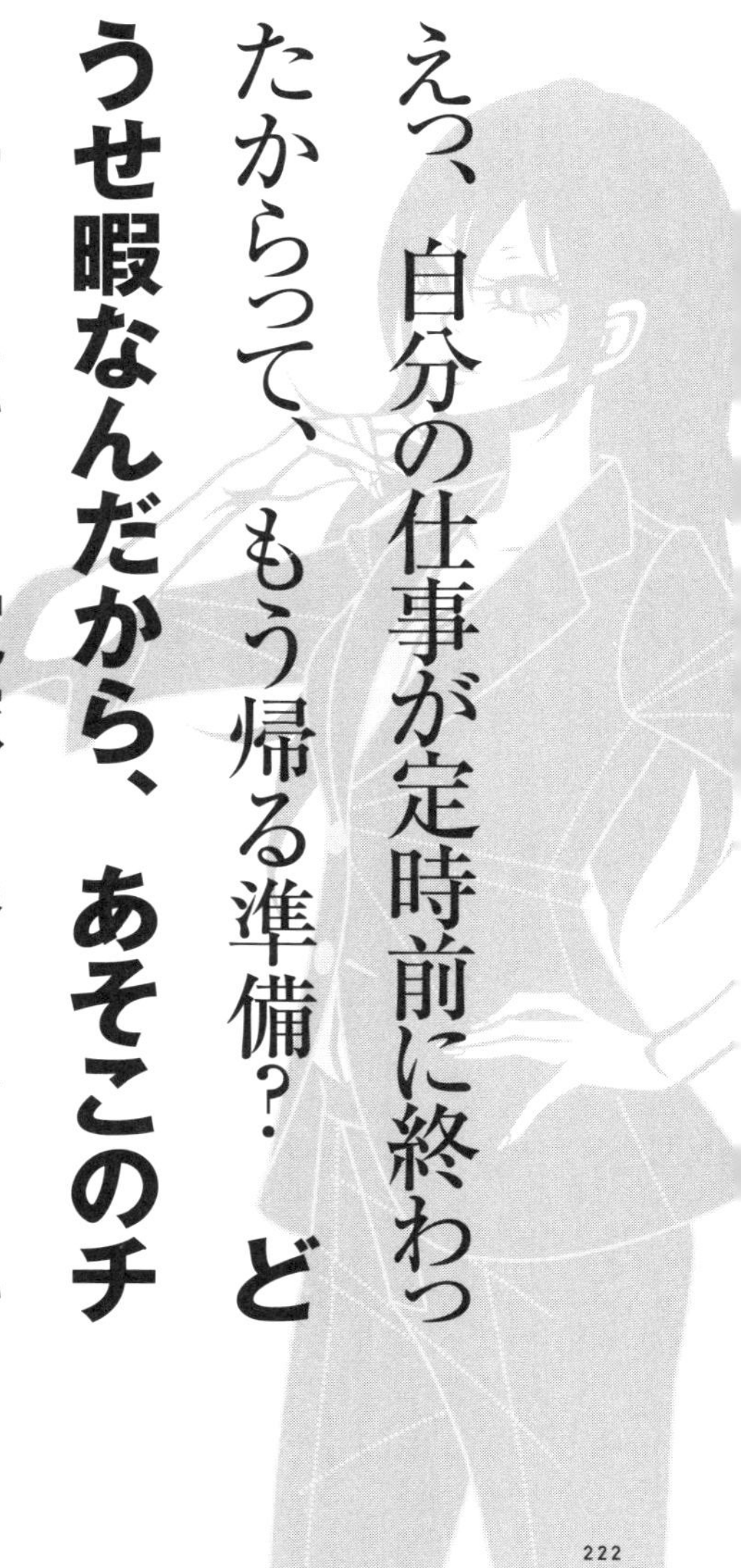

えっ、自分の仕事が定時前に終わったからって、もう帰る準備？**どうせ暇なんだから、あそこのチカチカしてる電球を替えなさいよ。**感謝されてこそ、評価も上がるのよ。

#ドSな言葉

#感謝を引き出す

そりゃあ仕事なんてね、自分にあてがわれた分が終われればそれでＯＫ。給与分は仕事したって言えるわね。特にあなたは優秀だもの。どんな内容でも早く終わるでしょ。時間が余って仕方ないくらいじゃないの。それで、その余った時間、あくびなんてしてるのよね。

だからかしら、あなたの評判よくないわ。一緒に働きたくない人がどれだけ多いことか。理由？　本当にわからないの？　だって思いやりがないんだもん。時間があるんだったら、チカチカしてる蛍光灯を交換したら。余裕があるなら昔のファイルの整理もしたら。みんな自分の仕事でいっぱいいっぱいだからね、人に役立つことをすれば、本当に感謝されるわよ。これでどれだけ仕事がやりやすくなるかって。あなたの価値、仕事ができるだけじゃなくて、人の役に立つ、ってのが加わるじゃない。

そんなの意味がないんじゃないかって？　まあ、だまされたと思ってやってみなさいよ。それね、あとで効いてくるから。

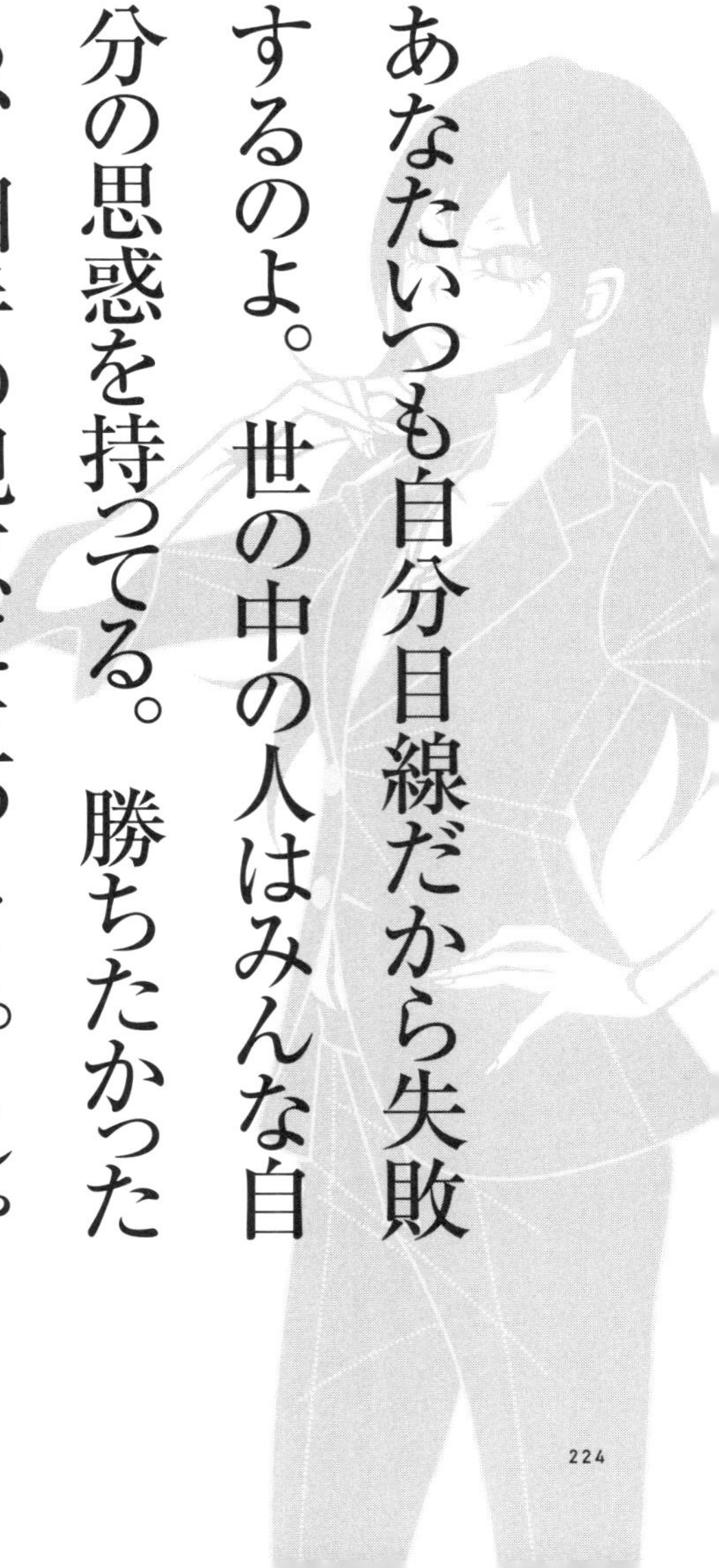

あなたいつも自分目線だから失敗するのよ。世の中の人はみんな自分の思惑を持ってる。勝ちたかったら、相手の視点に立つこと。じゃないと、**みんなの玩具《おもちゃ》にされて遊ばれるだけね。**

#ドSな言葉
#自分中心主義をやめる

いつも自分の意見があって偉いわぁ。それでこそ、一人前よね、ステキ、って私が憧れてると思ってるなら、あなた超KYだから。

そりゃね、最近、自分を大切に、とか、他人に振り回されないようにしましょうみたいな空気が漂ってるけど、たった1人だけしかいない野原で自分を大切にしたからって何にもならないでしょ。誰か他の人がいて、それでやっと世界が成り立つの。自分が大事、もいいけれど、周りにも人がいるってことも大切なことなのよ。それは他の人も一緒。

だからね、もし自分と違う意見の人がいたら、相手の立場に立って考えてみて。あなたとは違う理由が出てくるはず。目標も行き先も違う。そんな人が、この世界には一堂に会しているの。それがわかれば、相手の意見の意味もわかるでしょう。それに対してあなたに何ができて、何ができないかもね。それに、そうやってるうちに、自分のことも客観的に見られるようになるわ。交渉で失敗ばかりするあなたに必要なのは、それかもね。

取引先をカラオケに連れて行った？　バカ！　それってあなたが騒ぎたかっただけじゃない。相手、**あなたのことをハタ迷惑な時間泥棒だと思ったでしょうね。**

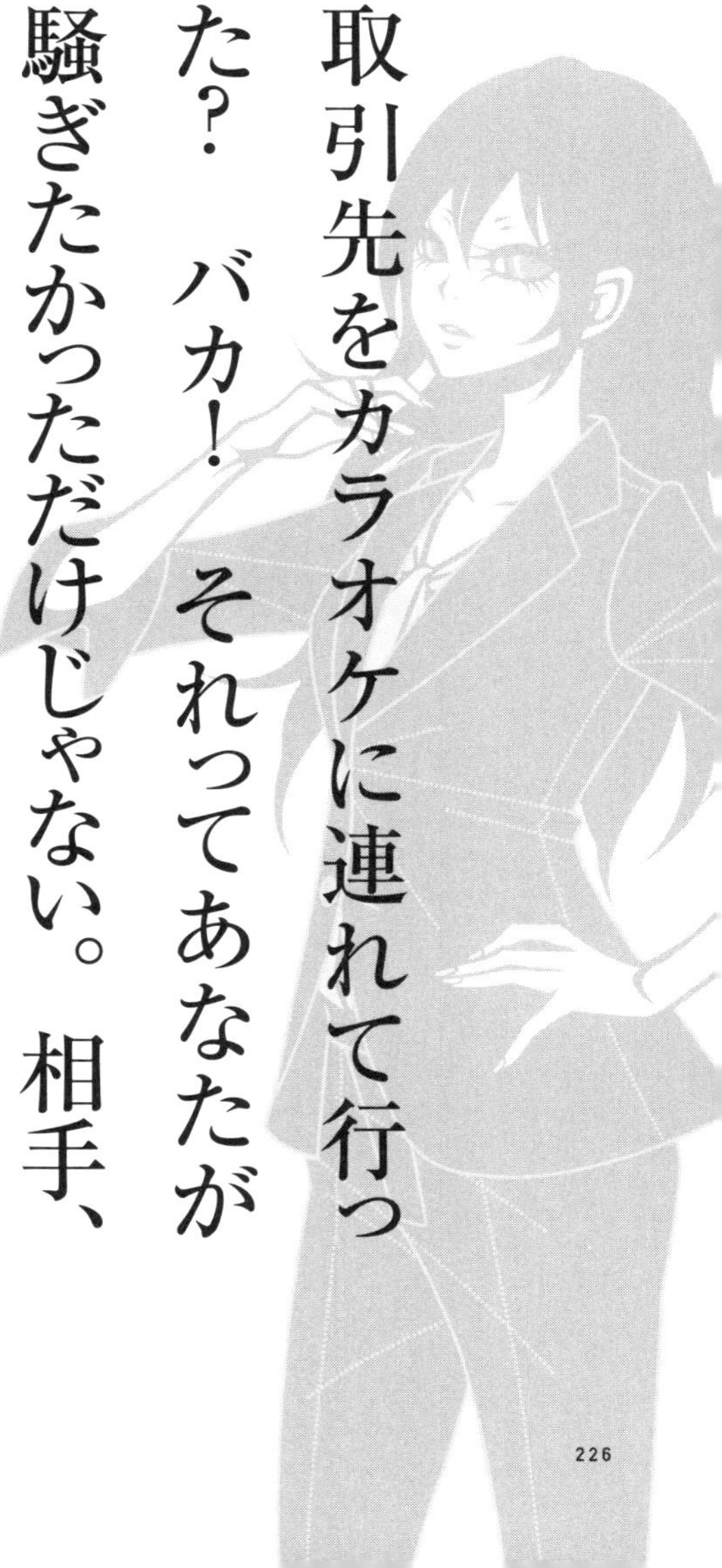

#ドSな言葉
#時間泥棒にならない

わぁ、カラオケ！　飲んで歌って、日頃の憂さ晴らしね。さぞ楽しかったでしょうねぇ、あなただけ。どうせ好きな歌を入力して、得意になって歌ったんでしょ。うまくもない自己満足の歌声を聞かされるなんて、ほんっと迷惑だわ。それより、早く帰ってドラマを見たいとか、愛する妻と子どもと時間を過ごしたいと思ってたでしょうね。あなた、歌ってる間、そのこと考えた……わけがないわね。

いい、1日は誰でも24時間しかないの。特に取引先なんて気を遣うべき相手を誘うなら、せめて相手の好きなものを調べてお伺いを立てるべき。そしてYESと言われた時に、それが建前じゃないってことを見抜ける目も養っておかなくちゃ。それくらいしてやっとスタートライン。

やるって決めたなら、どうやって場を進行して雰囲気を盛り上げればいいかも考えるのよ。うまくいけば相手も喜ぶわ。あなたも趣味が増えるし、得ばかりね。まずは私を理解するために、この映画を見なさい。

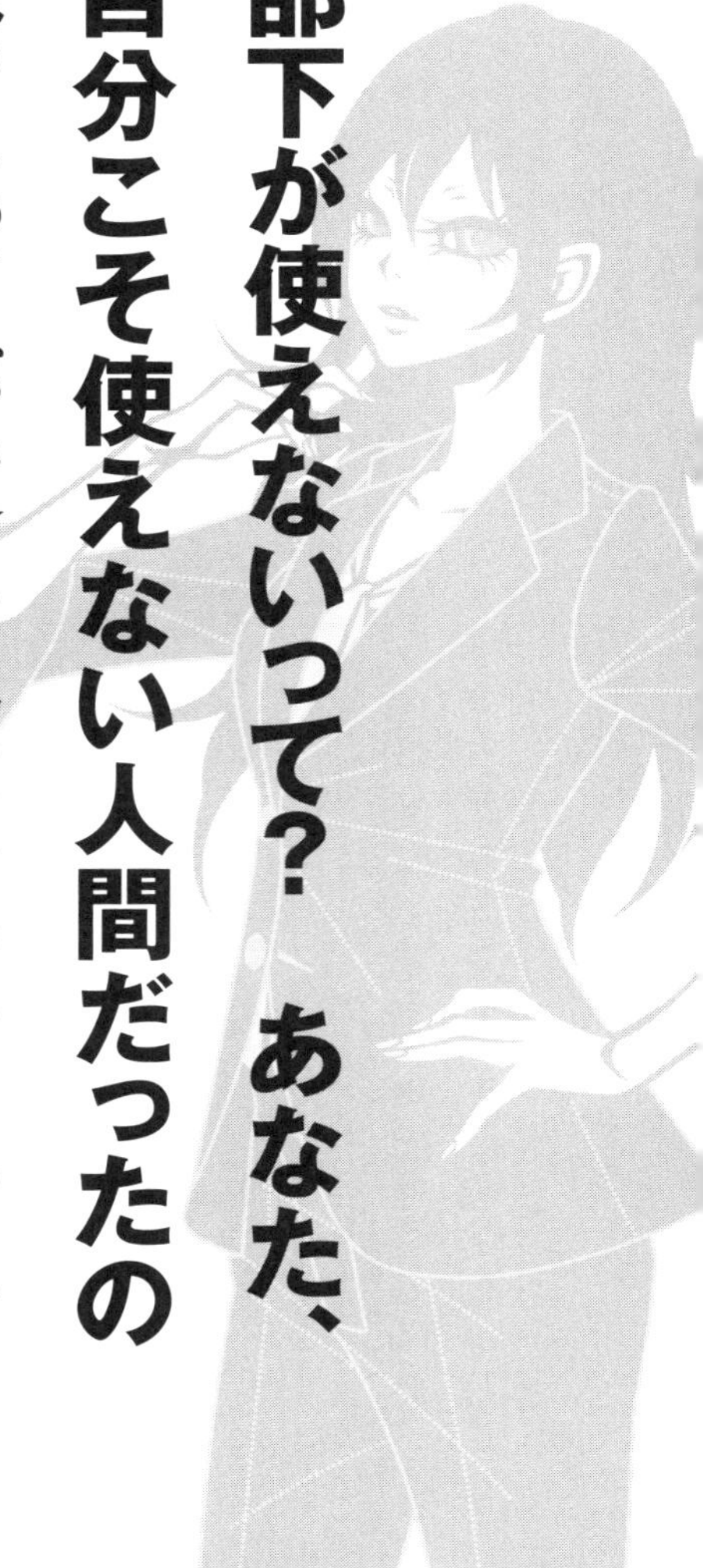

部下が使えないって？　あなた、自分こそ使えない人間だったのね。部下が役に立たないなら、それはあなたの責任。適材適所も見分けられないんだもの。

#ドSな言葉
#責任は上司のもの

あなた、浮かれてるわねぇ。部下ができたんですってね。おめでとう。最底辺のクズだったあなたが人の上に立てる人間になったなんて驚きよ。それで、うまくいってるの？　は？　部下が使えないって。頼んだ仕事もミスばかりで、叱っても叱っても直らない。へぇ、昔話を蒸し返されてるみたいだわ。誰って、あなたのことよ。ミスの王様だったものね。あれ、損失の帝王だっけ？　あの時は必死だったじゃない。私に助けまで求めてきたわ。くだらない愚痴や自分がいかに不遇か語り出した時は、うざかったからはねのけたけど。

その頃のあなたが役立たずだったのは、向かない仕事をしていたからよ。言われた仕事をどう処理していいかわからなかったのね。あなた今、同じことをしている。仕事って頭数だけいればいいわけじゃないの。適材適所って言葉があるでしょ。あなた、部下の適性、ちゃんと見てる？　得意なことをやらせたら、あなたの部署、きっと伸びるわよ。

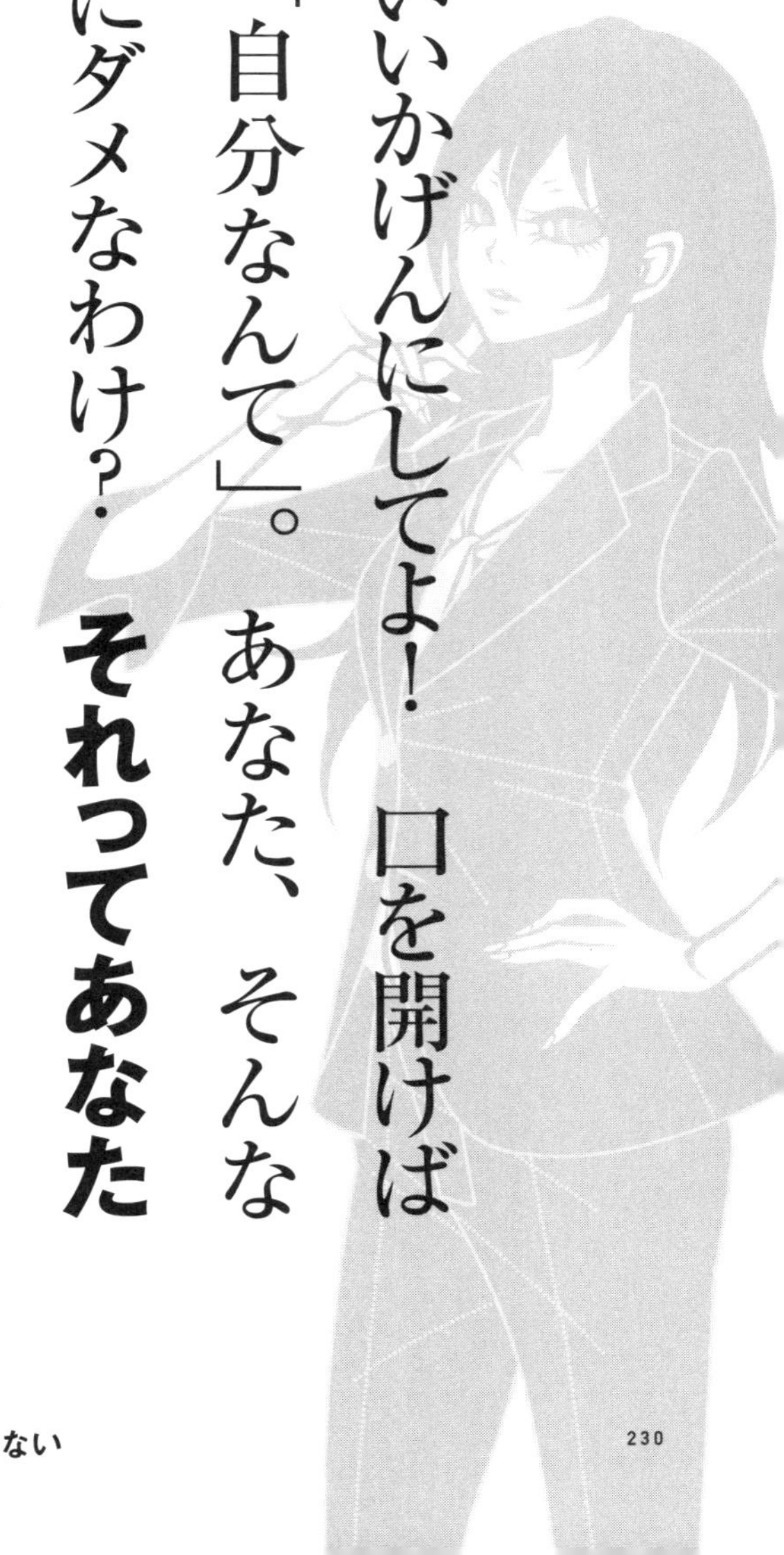

いいかげんにしてよ！　口を開けば「自分なんて」。あなた、そんなにダメなわけ？　**それってあなたを評価した人をバカにしてるのと同じよ。**

＃ドSな言葉
＃自分なんてとは言わない

うまい日本酒と絶品の料理がある最高の小料理屋を知ってるから、一緒に行こうって？　えー、あなたと飲みに行くのは、イ・ヤ。

お酒好きなんだから遠慮なんかしなくていい、って言われてもね。ええ、私、お酒は好きよ。でも、誰かと一緒に飲むなら、人を選びたいわ。あなたとなんて特にダメ。あなた、酔っ払ってて記憶がないかもしれないけど、お酒が進むと毎回「自分なんて使いモノにならない情けないやつなんだ」って嘆くばかりなんだもの。ねぇ、そこまであなたって無能なの？　あなたは今それなりの役職についてる。それはあなたの仕事を評価してくれた人がいるからでしょ。なのに「自分なんか」って言うことは、その人たちの評価を信じてない、ううん、ないがしろにしてるのと同じこと。「俺を選んだ上司は見る目がない！」って言ってるのよ。

そのマイナス思考が完全になくなるまで、あなたと飲むのは遠慮しておきたいわね。ひとりで寂しく酔ってたら。

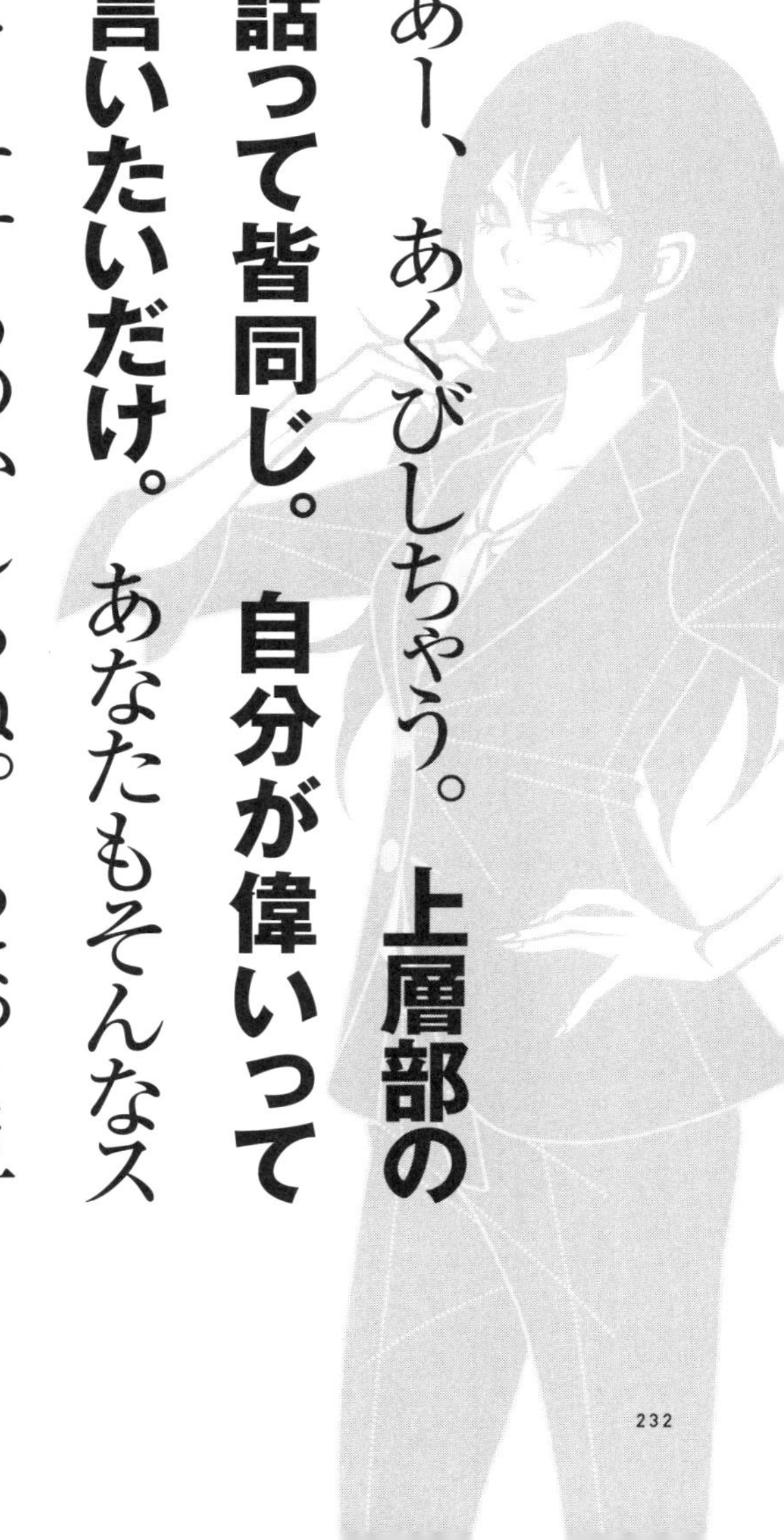

あー、あくびしちゃう。**上層部の話って皆同じ。自分が偉いって言いたいだけ。**あなたもそんなスピーチするのかしらね。ちょっと昇進したからって。

#ドSな言葉
#偉ぶるのは厳禁

今日のお偉いさんの話も飽きたわね。みんな同じで競い合うように長く喋るんだもん。もう何人？　けったくそ悪いわ。回し蹴りでも入れたくなるわね。あのでっぷりとしたお腹、サンドバッグにちょうどいいんじゃない。で、今日はあなたも昇進記念のスピーチするんですって。原稿を書いてきたの？　見せてよ。……うっわぁ、あいつらとほとんど同じじゃない。長い、長すぎるわ。客観的に見てみなさいよ。威張りくさって、上から目線。会社に忠実なイイ子ちゃん原稿。ああ、これから部下の皆に嫌われること間違いないわね。ダメな上司がまたひとり誕生したわ。

え、自分はそうなりたくないって言うのに、こんなスピーチをしようと思ってたの？　じゃあその原稿、捨てなさいよ。だいたい事前に用意した原稿をただ読むなんて、熱意がないわ。あなた、昇進したのよ。今までよりもできることが多くなったのよ。だったらミスを恐れず理想をぶつけてきなさいよ。ついてくる人もいるかもしれないじゃない。

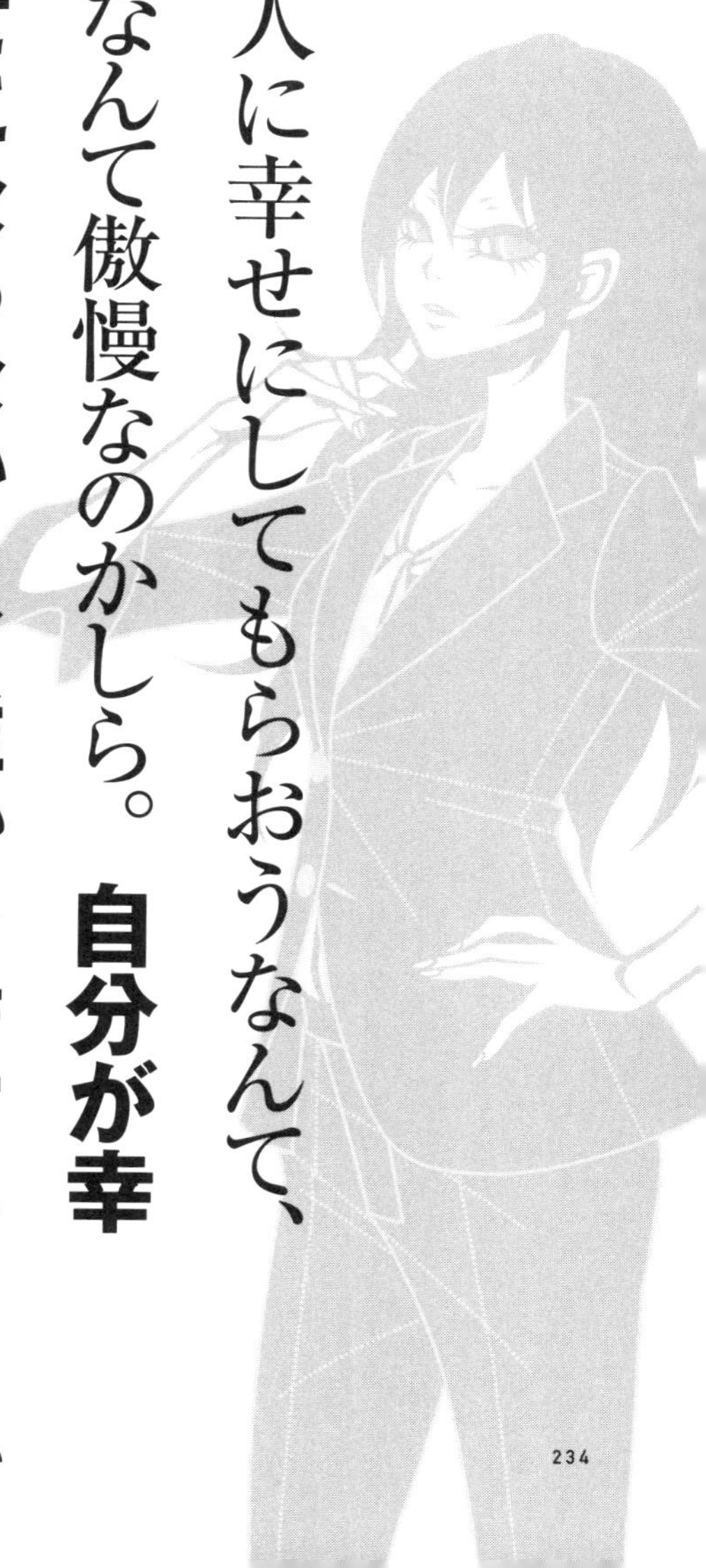

人に幸せにしてもらおうなんて、なんて傲慢なのかしら。

自分が幸せにならないと、誰かを幸せにすることもできないのよ。

#ドSな言葉
#ひとりじゃ幸せになれない

あなた、よくよく不幸な目に合ってるわねぇ。フラれただの、騙されただの、毎回修羅場ばっかり。わかってるわ、本当は幸せにしてもらいたかっただけなのよね。あのどうしようもないチンケなやつにね。

いきなりめそめそしないでよっ。肩に涙をすり付けないで！　これ、アルマーニのスーツなんだから！

あなた、本当に低脳ね。頭ん中空気しか入ってないんじゃない？　あのねぇ、あなたを幸せにするのはあなた自身なの。どういう意味かって？　それも説明しなきゃわからないの？　幸せって心の持ちようなの。あなたがつまらなけりゃ、誰に何を言われようとも、結局はつまらないのよ。反対にあなたが幸せなら、どんな状況でも幸せなものよ。

じゃあ他人を幸せにするってどういうことかって？　それはね、相手を幸せで満たすの。私があなたにしているようにね。そんなに難しいことじゃないでしょ。愛情を注ぐだけだもの。ねぇ、代官様。

第6章

まだ「コミュニケーション」が最強のスキルって気づいてないの?

泣く子と地頭には勝てぬ殺人事件　第４部

次の日。

「姫様、代官山さん」

マヤとフレンチレストラン「モヘンジョ・ダロ」でランチをしていると、浜田が駆け寄ってきた。

「どうしたんですか」

「手がかりが見つかりました！」

浜田が息を弾ませながら言った。

「本当ですかっ⁉」

「東海林晶之は二十年前まで博通堂の社員だったんですよ」

博通堂といえば大手の広告代理店である。

「それがどうかしました」

東海林の職歴はすでに把握している。

「ちょっと昔の記事ですけど、見てください」

浜田は雑誌記事のコピーを差し出した。そこには『若者の夢を打ち砕いた博通堂・若手社員過労死の実態』と見出しが打たれていた。ざっと目を通してみると二十代の若い男性社員が上司に押しつけられた常軌を逸した業務に耐えきれずに遺書を残して自殺を図ったという内容だ。

「Sという上司がパワハラの当事者なんですが、どうやら東海林晶之のことらしいんですよ」

「マジっすか！」

上司Sはこの騒動で会社をクビになったと記事が伝えている。

「過労死を引き起こした張本人が、今度は過労死で命を落とす。これを偶然だと思えますか？」

浜田が得意気に言う。代官山は首を左右に振った。偶然とは思えない。

「あら、浜田くん。やるじゃない。意外なところに意外なものが転がっているものよ。一番よろしくないのはそれを意外と思わないことね。それはもしかしたらとんでもない鉱脈かもしれない。どんなことにも好奇心って大切ね。それが新しいなにかを生み出すかもしれない。浜田くんが見つけてきたその記事、真相に繋がっているかもよ」

珍しくマヤが浜田に対して前向きなことを言った。なにか裏があるんじゃないかと疑いたくなるが、ここは事件解決を優先しよう。

「浜田さん、次はどうしますか」

「東海林晶之の妻、幸恵に話を聞きます」

代官山たち三人は直ちに東海林の自宅に向かった。幸恵はどこにでもいそうな六十過ぎの主婦といった小太りの女性だった。夫の死が原因だろう、髪に潤いがなく肌は荒れて、やつれていた。二人の間に子どもはいないという。

彼女によると夫の晶之はポストに入っていた求人広告のチラシを見て、折り鶴のバイトを始めたという。彼は博通堂を辞めてから勤めていた食品会社を六十二歳で定年退職していた。

幸恵はそのチラシをとってあるというので見せてもらった。

『誰にでもできる軽作業です。時給三千五百円』

と書かれている。

「時給三千五百円!?　すごいじゃないですか」

このチラシを見て晶之はすぐに飛びついたという。幸恵はこんな好条件ならすでに埋まっているに違いないと思ったが、案に反して内定した。

「近所の人たちにこんな好条件なバイトがあるってこのチラシを見せたんですけど、

誰も見てないって言うんですよね。これってポスティングのチラシでしょう。うちのポストだけに入っていたなんて思えないし、不思議ねえと主人と話していたんです」

バイトが始まってしばらくすると晶之の言葉数は少なくなり、表情も乏しくなっていったという。幸恵はバイト先でなにかあったのかと気を揉んだが、夫の仕事に対して口を挟まないのが東海林家のルールなのでそれに従った。一通り事情聴取が終わると「こんなことならルールを守るんじゃなかった」と幸恵はさめざめと泣き出した。

二日後。

室田署の取調室。

浜田の前に小柄で白髪交じりの女性が座っていた。六十七歳というが十歳ほど老けて見える。色褪せた辛気くさい服もそのように見える原因のひとつだろう。女性の名前は大久保雅子。十歳上の夫には五年前に先立たれて現在はひとり暮らしだという。

彼女はなにかを覚悟を決めたような神妙な面持ちで浜田と向き合っていた。

「映画が好きなんですってね」

浜田は優しい口調で声をかけた。

「こんな年でひとり暮らしだと、映画を観るくらいしか楽しみがありません。映画館は高いからもっぱらレンタルビデオです」

「大久保さんのブログを読みましたよ。とても興味深い映画レビューですね。文章も内容もアマチュアとは思えません」

「若い頃、映画雑誌のライターをやっていたことがあるんです。なんだか恥ずかしいわ」

大久保はそっと瘦けた頬に手を当てた。

「圭介さんが生きていたら今何歳ですか」

浜田の問いかけに大久保の口元が一瞬だけ強ばった。

「四十五歳です。もうオジサンですね」

彼女は気丈な様子で答えた。

「ところで大久保さんの映画のブログで気になった記事があるんですよ。『ｅｓ［エス］』という映画です。スタンフォード大学で行われた心理実験の様子を描いた映画です」

浜田はブログをプリントアウトした用紙を差し出した。記事の日付を見ると七ヶ月前となっている。

「監獄実験ね。人間って特定の状況下に置かれると誰もがあんな風になってしまう。

恐ろしい話ですわ」

監獄実験とは一九七一年にアメリカ・スタンフォード大学心理学部で行われた心理実験である。新聞広告などで集めた被験者二十一人のうち、十一人を看守役、そして十人を受刑者役に分けて、それぞれの役割を大学内に設置した刑務所の監獄を模したセットで演じさせた。その結果、時間が経過すると看守役は看守らしく、受刑者役はより受刑者らしい行動を取るようになったという。やがて受刑者役に暴力を振るう看守も出てきたことでパニックとなり実験は中止された。

「閉塞された環境で片方のグループに強い権限を与えると、その人物は力を持たない者たちをなんら疑問を感じずに虐げるようになる。しかもそれは個々の人格に関係なく、役割を与えられただけでそのような状況に陥ってしまう。つまり人間は一定の条件を与えればいとも簡単に邪悪な存在になってしまうということです。こういうのをルシファー効果と呼ぶそうです」

さすがは浜田、東大卒の面目躍如だ。あらゆるジャンルの知識が頭の中に詰め込まれている。そんな彼がどうして警察官の道を選んだのだろうと思ってしまう。

「人間の心なんて実にシンプルで単純なんですよ。女心が複雑なんて誰が言ってるのかしら」

大久保は苦笑を覗かせた。

「今日はあなたの書いた記事の最後の一文についてお話を伺いたいんですよ」

浜田は最後の一文を指した。そこには「この映画が私の思いを遂げてくれるかもしれない」と書いてある。

「刑事さんの思っているとおりですわ」

「み、認めるんですか?」

浜田は目を丸くした。マヤも咳払いをしている。驚きをごまかしているのだろう。

もちろん代官山も驚いた。まさかこんなに呆気なく認めるとは思わなかった。

「あなたは中道真記子の名前を騙ってトウカイタワーの二階に東海林晶之と四名のバイトを集めた。そして彼らを看守役と受刑者役に分けた。受刑者役は東海林、あとの四人が看守役。つまりスタンフォード大学の監獄実験を再現したんだ」

「ええ、その通りよ。私が再現したのは監獄ではなくてブラック企業よ。四人のバイトが上司、東海林さんが部下。上司役の四人に部下を厳しく管理するように指示したら、すぐに状況はブラック化したわ。不思議ね、東海林さんも死ぬくらいなら逃げ出せばよかったのに。でも彼はそうしなかった。人間ってそういうように出来ているのよ。イジメもそう。いじめられっ子は死ぬまでいじめられるでしょう。どうして逃げ出さなかったのかなんていうのは彼らにとって正論に過ぎない。だって閉塞した環境では理不尽を受け入れる精神構造になっているんだもの」

そのように語る大久保は表情を消していた。

「息子の圭介さんの仇討ちですね。彼は二十年前、東海林晶之のパワハラが原因で過労死した。あなたは東海林に息子と同じ思いを味わわせてやりたかった。四人のバイトにルシファー効果を引き起こして東海林を過労死に導いた。そうですよね」

大久保はニコリと微笑むと大きくうなずいた。

「息子さん、圭介さんはまったく喜んでないと思いますよ」

浜田はそれだけを言い残して席を立つと取調室を出た。

代官山たちも部屋を出る。

「すごいじゃないですか。浜田さん、お手柄ですよ」

代官山は心から浜田を賞賛した。今まで足を引っぱることしかなかった浜田が事件を解決する姿を見られる日が来るなんて思いもしなかった。

「大久保雅子は逮捕されることを望んでいたんだと思います。自分の犯した真相を誰かに見破ってほしかった、そう思います」

浜田は取調室のほうを向きながらしんみりと言った。

「最後はなにかの呪縛から解放されたような顔をしてましたよね。浜田さんの活躍で彼女も救われたんですよ。黒井さん、浜田さんがやりましたよ！」

代官山はマヤに向き直った。しかし彼女は冷ややかな目で代官山と浜田を交互に見つめている。

「あなたたち、本当に甘いわねえ。成功は確信するものじゃない、疑うものよ」

「ど、どういうことですか」

代官山も浜田も目をパチクリとさせた。

「これが本当に真相かどうかなんてわからないじゃないの。もしかしたら大久保雅子は実は誰かを庇っているかもしれないでしょう。この心理実験風の手口だって真犯人から注目を遠ざけるための壮大なミスリードかもしれないわ」

「え、ええ〜、そこまでするかなあ」

「前も言ったでしょう。本当に悪い人間というのはね、警察の何倍も努力をするの。常に相手を出し抜く研究をしてるし、こちらの思いも寄らない犯罪を開発するわ。だから私たち警察はさらにヤツらの上を行く努力をしなくちゃならないの。努力が報われるとか報われないとか、そんなのは小学生の議論よ。でもね、今日の浜田くんは褒めてあげるわね。すごいわね、浜田くん。見直したわ」

マヤが浜田に向かって拍手をする。代官山も思わず嬉しくなって拍手を送った。浜田も照れくさそうに頭を掻いている。

「黒井さんが他人を褒めるなんて、初めて見ましたよ」

「人を褒めるってその人のためでもあるけど、それ以上に自分のためでもあるのよ」

「どういうことですか？」

「それはここまで読んでくれた読者ならわかることよ」

「ここまで読めばわかるって……なんだか俺たち、本の中の人みたいですね」

「まずはそこに気づかなくちゃね」

マヤがフワリと微笑んだ。

その笑み、キュンとするから止めてほしい。

まったく。そこでひと言「素晴らしいですねぇ」って言えれば、あの人、あなたに好意を持ったわ。ほら、私を相手に練習しなさい。

#ドSな言葉
#褒めて好感度アップ

そう、あなたって、向上心がある分、仕事にはまじめに取り組むわよね。人にしろ、仕事にしろ、冷静にしっかり分析する。なのに、モノゴトの悪い面ばかりが目に入るのが不思議だわ。しかもあなた、ガミガミ怒るでしょ。あれだけの勢いで叱られたら、相手は萎縮するわ。そうしたら、緊張しちゃっていいものが作れない。だから、その上司のあなたも実力以下の評価しか得られない。それでまた部下を叱る。悪循環ね。あら、もしかして気づいてなかったの？

私だって、ダメなところはダメだと部下に指摘してるのに、何が違うんだって？　だって私、彼らのモチベーションを上げる言い方をするもの。ねえ、あなたの部下は叱られた時よりも、褒められた時のほうが成績がいいわよ。ねえ、このまま偉ぶってたんじゃ終わりが見えてる。人はね、認められなきゃ自信が出ないの。自信がなきゃ、やる気も出ない。そのことを肝に命じて、もう一度自分の態度を振り返りなさいよ。

私って美人でお嬢さまで頭もいいから、高飛車でワガママなんですって。**そういう先入観にとらわれるから、あいつらは失敗ばかりなのよ。**

#ドSな言葉
#決めつけをやめる

そりゃね、わかっているわよ。私、これだけの美人だもの。しかも仕事もできるんだから、モテるのも当たり前よね。そうよ、今までラブレターだって花束だって、たくさんもらってきた。全部捨てたけど。

だからかしら、私のこと、高飛車でワガママだって噂があるんですって。

ねぇ、私ってほんとに高飛車でワガママ？

そりゃね、フラれた腹いせで変な噂を流す気持ちもわからないではないわ。でもね、事実じゃないことばかりで笑えてくる。美人なのは生まれつきだし、頭がいいのも元からよ。仕事に真剣に取り組むのは好きだから。

それに、私の気持ちは一つ。あなただけなのよ。

……ああなんだか、怒りすら覚えてきたわ。私は私。実際に会ってから、評価してほしいわね。そうやって自分の勘違いを事実だと信じるから、ミスばかりで成長がないのよ。それに気づかないなんて、本当にクズ。

あなたはちゃんと見る目を養いなさいよ。

聞き苦しいと思ったら、部下の悪口大会？　ま、嫌いじゃないけど、生産的でもないわね。**良いところを見つけて、それを活かすほうが、**上司としての評価も上がるんじゃない。

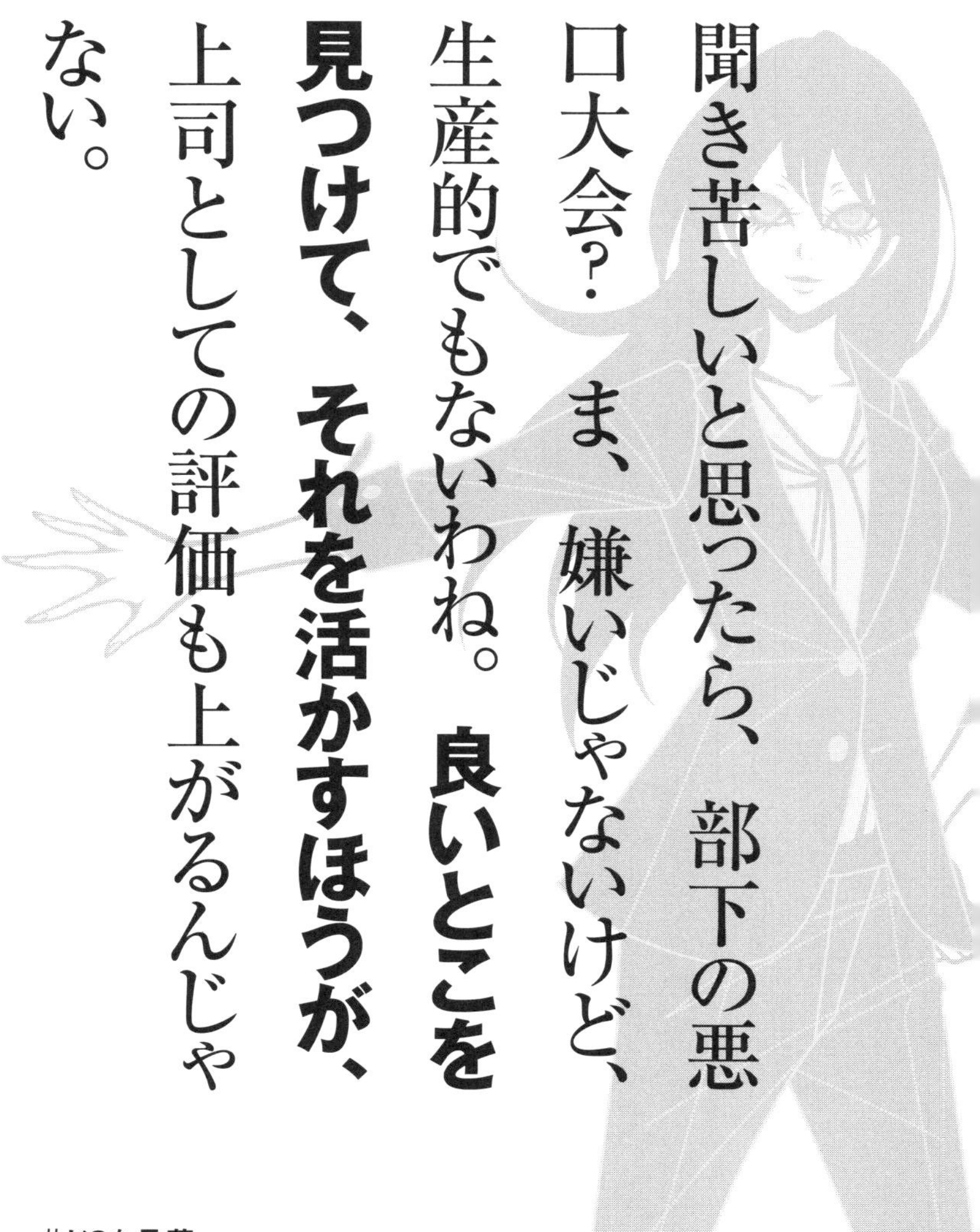

＃ドSな言葉
＃良いところを見る

わぁ、知らなかった。中間管理職がこんな飲み屋に集まって、部下の悪口大会ですか。調子に乗ってだんだんひどいこと言ってるわ。もうビールも焼酎も味がわからないんじゃない。

ねぇ、聞いてみたいんだけど、あなたたち、部下の愚痴を言えるほど完璧なの？　自分の職務をしっかりこなしてる？　あら、声が詰まった。ええ、そうよね。私くらいよ、そんなパーフェクトな人間は。

それと、あなたの部下、そんなにダメ揃いなの？　欠点ばかりを指摘して、その人の才能や夢を潰したら、それは上司たるあなたのせいなのよ。言葉って怖いわよ。人ひとりの将来を壊せるもの。

でも、文句が専門のあなたたちは、部下のいいところは見つけられないんでしょうね。あら探しだけしてるもの。だとしたら、あなた、上司として最低。その人の持ってるものを活かすほうがずっと生産的だし、あなた自身も、信頼されて昇進もするし、誰からも憧れられると思うけど。

あの人美形だから印象は良いわね。でも、0点。**知識も知恵もなくて気遣いもできないんだから、誰からも3日で飽きられるわよ。**

＃ドSな言葉
＃つまらない人にならない

いい男が揃ってるわね、この店。思わずいじめてやりたくなるわ。ムチなんか使ったら、どんな顔をして苦しむかしら。美形って甘やかされて育ってる場合が多いから、攻めがいがあるのよね。返事に困ってるのを見ると、思わずちょっかいを出したくなっちゃう。

でも、恋人にするなら、私なら美形ってだけじゃイヤ。美形って自分の利点をよく知ってるから、勉強しなくても、見た目だけで人生渡っていけると思ってる人が多いんだもの。つまりバカの確率が高いってわけ。

頭が空っぽな人なんて、ほんとつまんないわよ。よく美人は3日で飽きるって言うけど、それはきっとそういうタイプの人ね。知識と知恵、優しさ、そういうものがあれば、顔なんてそのうちほとんど関係なくなるわよ。

もちろん、美形にもそういう人もたくさんいるから、顔も頭も重要、って場合は、そういう人を選ぶのね。ま、あなたの頭が空っぽだったら、バカの美形のほうが釣り合いが取れるかもしれないけど。

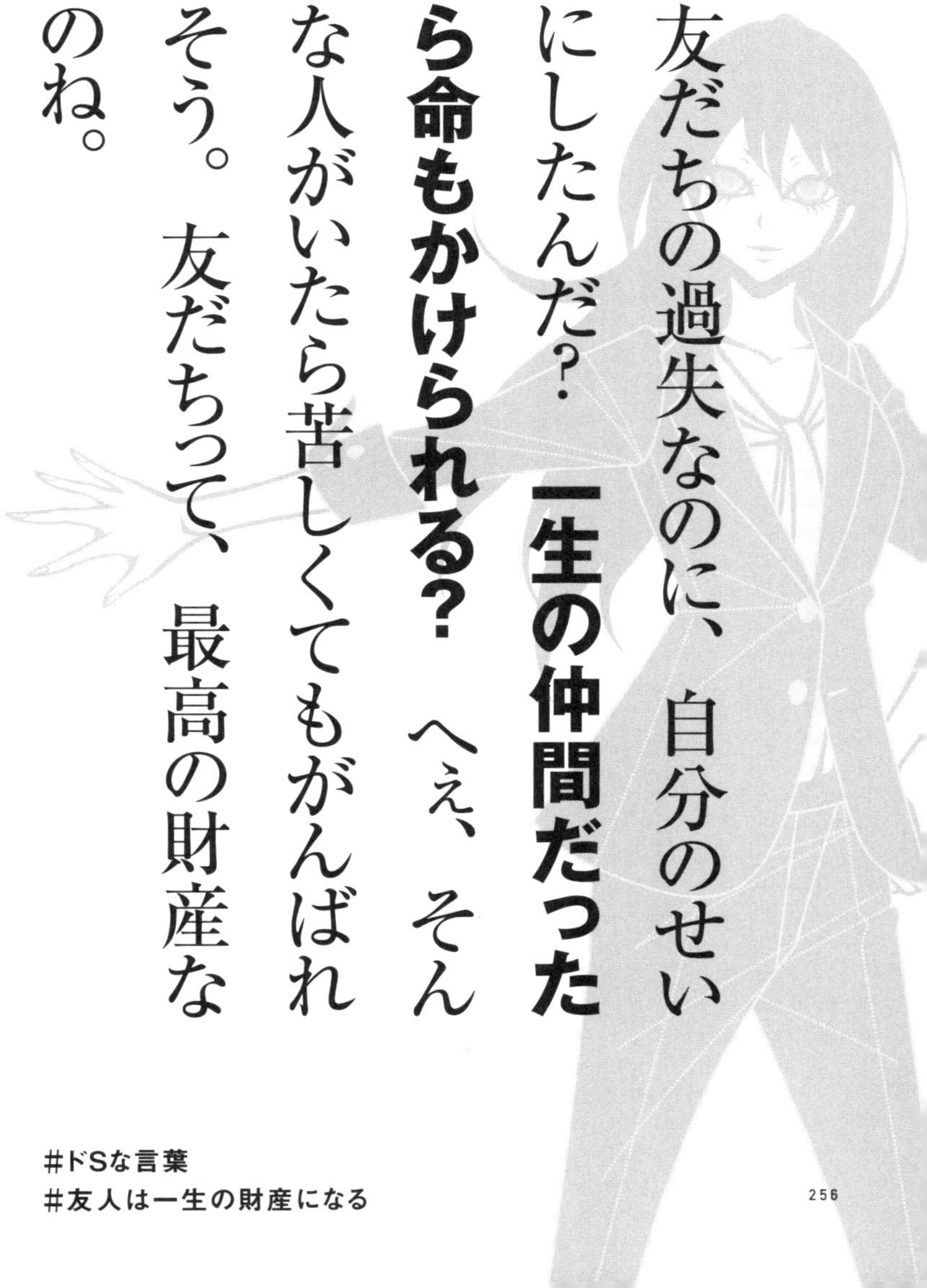

友だちの過失なのに、自分のせいにしたんだ？　**一生の仲間だったら命もかけられる？**　へぇ、そんな人がいたら苦しくてもがんばれそう。友だちって、最高の財産なのね。

#ドSな言葉
#友人は一生の財産になる

俺の失敗だったのに、あいつ、自分のせいにした、わざわざ自分の評価を下げるようなことして、どういうつもりだ、ですって？　えっ？　何言ってるの？　あなた、これ以上問題を起こしたらやばかったんでしょ。彼、あなたのことをかばったんじゃない。いい友だちよね。

あいつはそんなやつじゃないなんて、ほんと、バッカじゃないの。あのねぇ、あなたみたいに面倒くさい人と友だちになってくれる稀有《けう》な人が、そうそういるわけないじゃない。

人ってね、モノじゃないの。心があるの。同性に対しても、好きだったり嫌いだったりするでしょう。友だちって、好きじゃなきゃなれないわ。あなたみたいに中二病をこじらせた人のことを好きで、しかもその危機をかばってくれるなんて、相手があなたを友だちとして大切にしてるってことよ。どんな算段もなしにそばにいてくれるなんて、それがどれだけすごいことか、まさかわからないわけじゃないでしょうね？

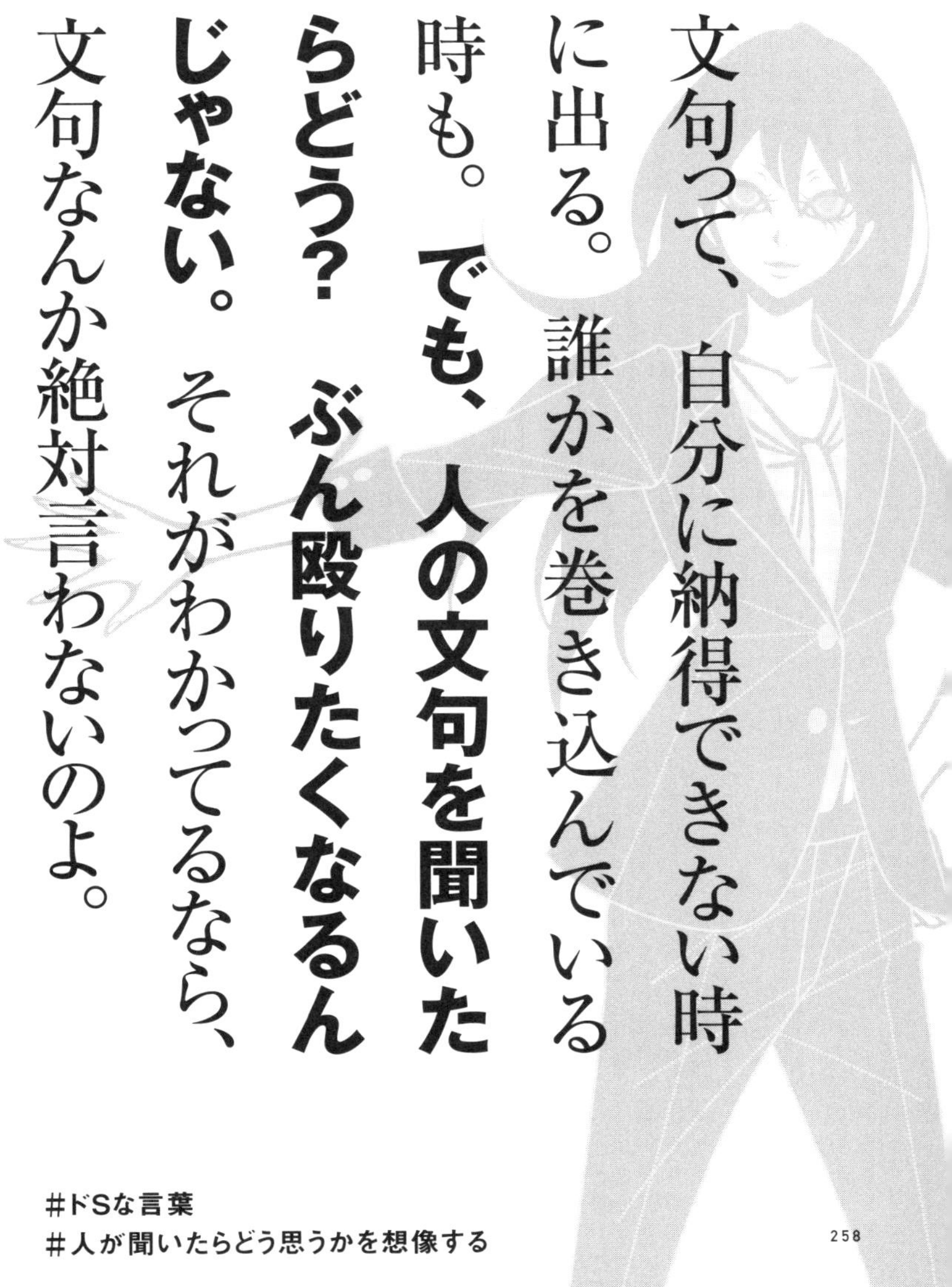

文句って、自分に納得できない時に出る。誰かを巻き込んでいる時も。**でも、人の文句を聞いたらどう？ ぶん殴りたくなるんじゃない。**それがわかってるなら、文句なんか絶対言わないのよ。

#ドSな言葉
#人が聞いたらどう思うかを想像する

ええ、そうよね、毎日何回も注意されたんじゃたまらないわよね。しかも向こうのミスだって、こっちに責任をなすりつけてくるしね。おかげでしなくてもいい残業、付き合いの謝罪、いらないことばかりさせられてる。

そんな時、文句の一つや二つ、言いたいのもわかるわ。だけどね、そうやって文句を重ねていくのって、自分を貶めてること、気づいてる？

文句って、本当は自分を許せない時に出てくるものよ。あなた自身が納得いってないこと、誰かを不用意に傷つけた時、自分の思惑と違う方向に物事が向かった時、人は文句を言うの。だって、自分を悪者にするのは気分が乗らないもんね。文句でも言って誰かのせいにすれば、気が楽になる。人は誰でも面倒なことからは逃げたいものよ。

とはいえ、不思議なもので、文句を言った相手に謝られても、ムカつくだけなのよね。だって、ほんとはこっちのせいなんだから、堂々と責めたほうがスッキリするでしょうに。張り合いがないわね。

091 時には我慢

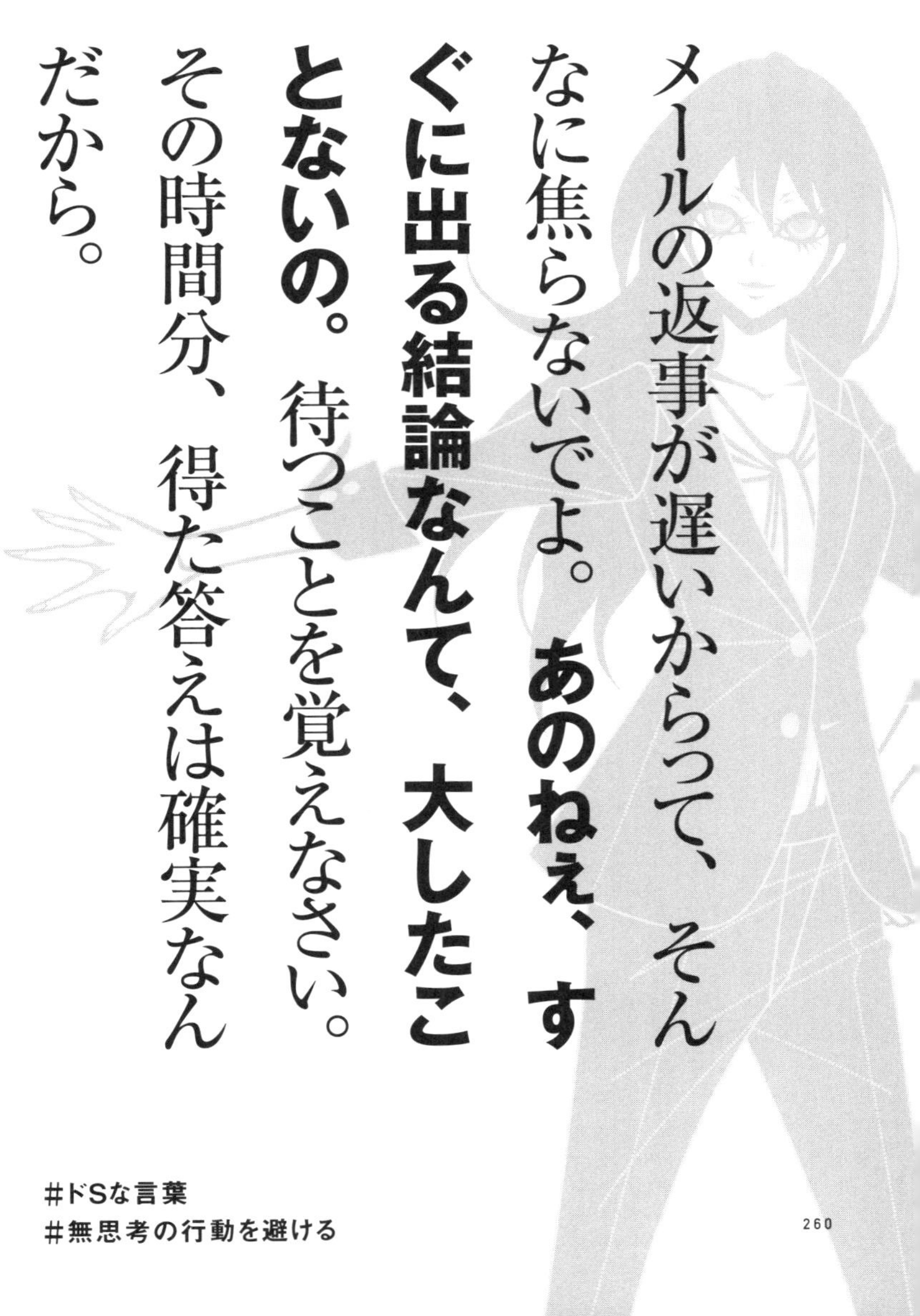

メールの返事が遅いからって、そんなに焦らないでよ。**あのねぇ、すぐに出る結論なんて、大したことないの。**待つことを覚えなさい。その時間分、得た答えは確実なんだから。

#ドSな言葉
#無思考の行動を避ける

あー、うるさいわね。なんなのよ。メールの返事がこない？　何分待ったの？　1分？　はぁ、あきれるわね。1分で何を考えろっての？

それで、何について聞いたの？　先方に新しい計画を提案した？　どんな内容なのか見せなさいよ。あら、あなたにしてはいいじゃない。

なのに、どうして焦ってるのよ。向こうだって稟議にかけなきゃいけないだろうし、そもそも考える時間だって必要なんだから。

あなたが今まで考えてきたアイデアだって、いいと思ったのに後で見直すと失敗作だったなんてザラじゃない。例えば、夜に私へのラブレターを書いてみても同じことがわかるわ。翌朝に読むと同じ愛の言葉ばかり書き連ねてあって、恥ずかしくて悶絶するわよ。

すぐに出る結論ってね、冷静に考えてないから後で問題が生まれやすいの。いいものが出ると思って待ちなさい。そうしたら、きっといい返事をもらえるから。

092
Chapter6

自分を捨ててまで相手に合わせない

何そのキンキラキンの髪。好きな人の好み？　**鏡をよく見なさい。この世で一番似合ってないから。**あ、もしかして私に恥をかかせるつもりなのかしら。

#ドSな言葉
#最後の決め手は内面

うわー、ずいぶん変身したわね。金髪にメッシュ、服はロック調ですか。あなた、部屋に全身鏡を持ってないでしょ。それ、どう見たってコスプレにしか見えないわ。

あっそ、気になってる人がロック好き。それで相手の目を引きたくて、髪色を変え、服も新調したのね。しかも、昔のスーツは全部捨てた？　はぁ、その一途な心、泣いちゃうわ。……あまりにもあきれてね。

で、その姿で会ってきたの？　そしたら似合わないって笑われたんですって？　当たり前だわ。そんなしょぼくれた顔しないでよ。実際似合ってないんだから。

人って、たしかに最初は自分の好みに合ってる人を気にかけるわ。でも最後の決め手は内面よ。あなたが努力しなきゃいけないのは、相手の中身を知ること、悩みに寄り添うこと、相手の味方でいること。外見を最低限クリアしたら、次に努力するのはそこよ。

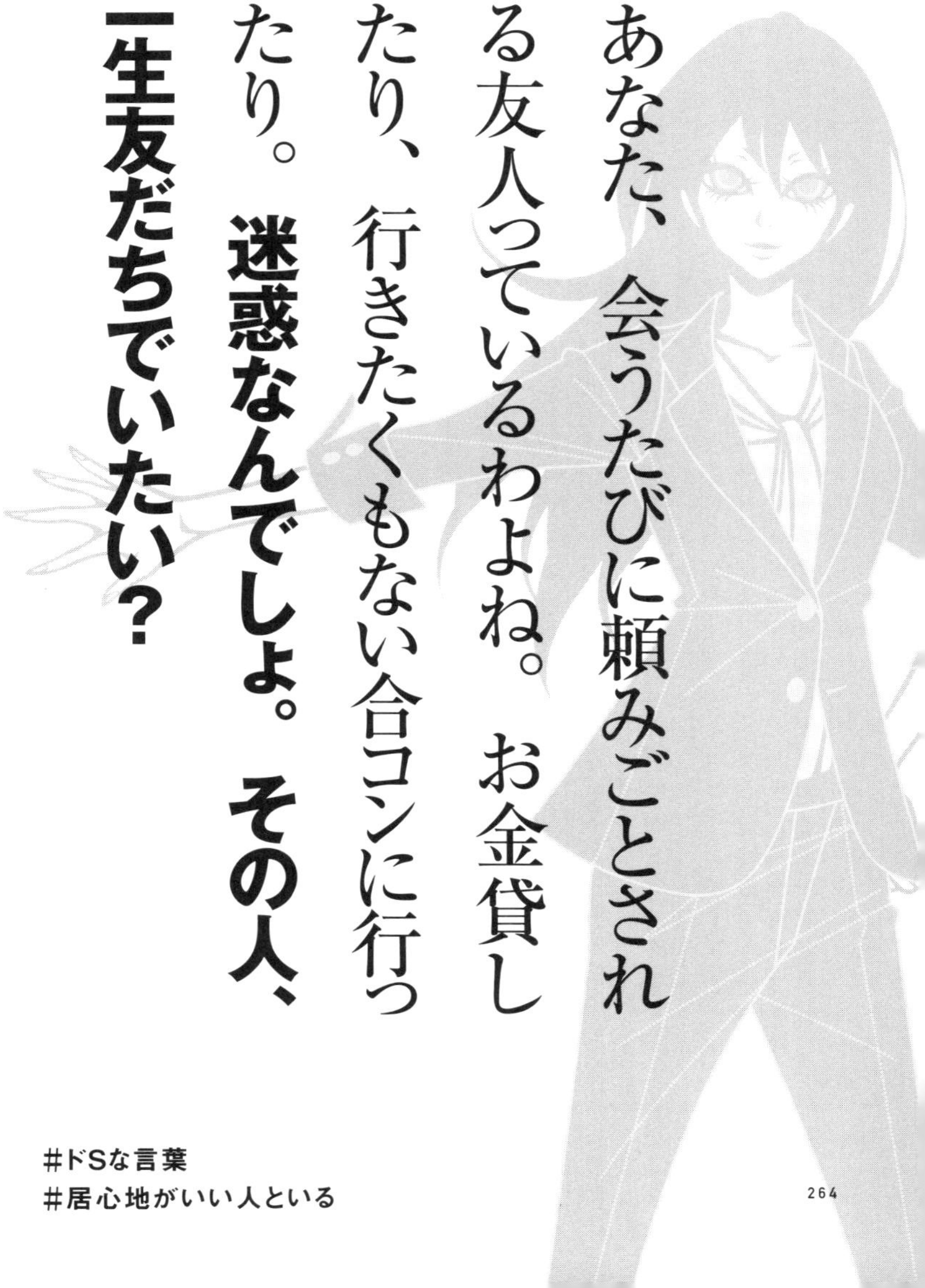

あなた、会うたびに頼みごとされる友人っているわよね。お金貸したり、行きたくもない合コンに行ったり。**迷惑なんでしょ。その人、一生友だちでいたい？**

#ドSな言葉
#居心地がいい人といる

優しい人、断れない人、嫌われ者。はい、どれが人生一番損するでしょう。簡単でしょ？ そりゃ、断れない人よ。断れないから、不必要にお金を貸して、乗り気のない合コンに出て、自分のものでもない残業を押し付けられる。優しい人は自分も説得できるから、後悔はないわ。嫌われ者は、誰も近づかないからね。じゃあね、その中で一番弱い人は誰だと思う？

はいっ、これも断れない人。

寂しがりで、傷つくのを恐れてる。優しい人も嫌われ者も、自分の心は自分のもの。断れない人は、誘われたら嬉しくて、だから人に振り回されて、時間もチャンスも、ついでにお金も失っちゃうのよね。

聞いてるだけでおバカさんだと思わない？ 誘う相手はあなたのことを便利に使ってるだけ。わかってるんでしょ？ それならどうして、「イヤ」の2文字が言えないのよ。そんな人と一緒にいたら、振り回されて終わる一生よ。

人の迷惑になるのがイヤだなんて、
バッカじゃないの。**みんな、ただ**
そこにいるだけで誰かの迷惑に
なっているの。どうせそうなら、
堂々としてなさいよ。

#ドSな言葉
#堂々とする

人に迷惑をかけたくないなんて、偉そうねぇ。「違う、謙虚なんだ」？ 何言ってるの？ そんなもの、自己満足に他ならないわ。

考えてみて。あなたが道端でぼうっと考えごとをしていたら他の人の邪魔よ。ランチのメニューを決められないでいたら、後ろで待ってる人はイライラする。ビジネスで成果を得たら、その裏には仕事にあぶれた人がいる。大好きな恋人には、誰かが片想いをしているかもしれないわ。

そうやって考えると、必死に生きてるだけなのに、誰かの迷惑になっていることが多いって気づくでしょ。でも仕方ない。誰でもそうやってしか生きていけないんだもの。もう諦めて、堂々と迷惑かけなさいよ。ま、私はそんなことは気にせず自分の道を行くけどね。

それでもあなたが私みたいに考えられないなら、最低限の約束は守ること、それから自分も人のために何かしてみることね。

「迷惑」と相殺されるかもよ。

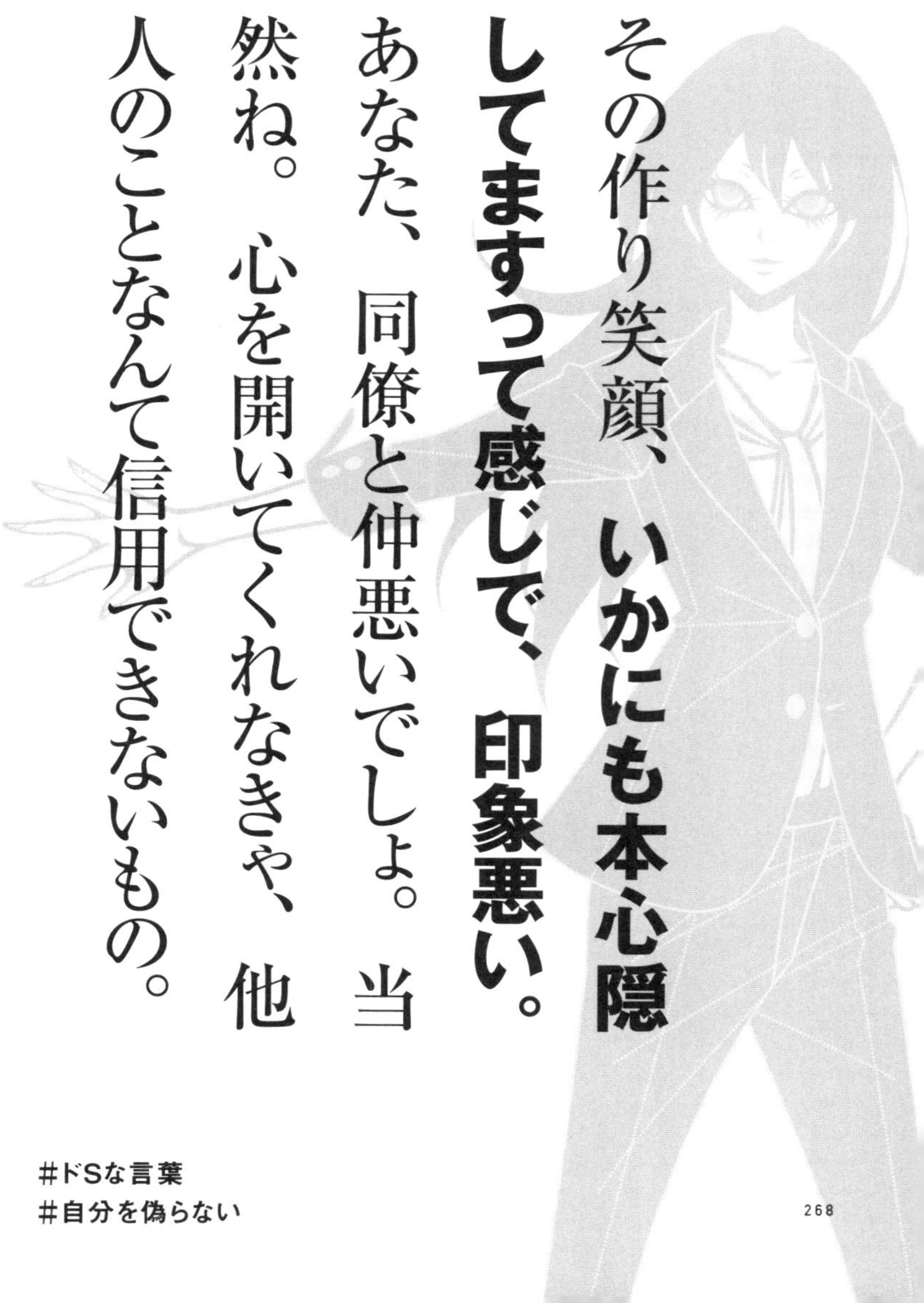

その作り笑顔、**いかにも本心隠してますって感じで、印象悪い。**あなた、同僚と仲悪いでしょ。当然ね。心を開いてくれなきゃ、他人のことなんて信用できないもの。

#ドSな言葉
#自分を偽らない

キモっ。何その違和感あふれる笑顔。どうせ誰からも信頼されてないでしょう。どうしてわかったのかって？　いつもおんなじ笑顔してるし、何より目が笑ってないの。何を考えてるのかわからなくて、胸ぐらをつかみたくなるわ。だいたいね、そういう人と仕事するのって、妙な気分よ。企画に対しても、賛成なのか反対なのか、本心を隠した笑顔じゃ判断できないわ。怒られても同じ顔だから、ほんとキモい。

反省してるのか、理不尽だと思ってるのか、そのくらい表に出してくれなきゃ、今後どうやっていくのか心配だわ。

そんなに気にしてるなんて優しい？　……違うわよ！　本音を言ってくれないと、こっちも気を遣って仕事しづらいだけ。信用もできないしね。あなただって、このままでいいの？

人から信頼されたり仲良くしたいなら自分をさらけ出すこと。せめて、私にくらいはそうしなさいよ。

みんなと仲良くしなくても別にいいじゃない。でも本当に親しくしたい人がいるなら、**その人の友だちや恋人とも友だちって世界を共有したら。**

#ドSな言葉
#大事なことは共有する

あなた、美形なのに疎まれてるわよね。キツイ口調、ムダなお喋りはしない、グループワーク大嫌い。ほんとは人付き合いが苦手だっていうだけなのに、その態度じゃ誤解されても仕方ないわ。

でも、あなた本当は営業2課のSさんと知り合い以上の友だちになりたいんでしょ。でもその性格が災いして、いつもぶっきらぼうな態度になってる。そりゃあ、Sさんもあなたのことを敬遠するはずだわ。

あら、自分なんてどうしようもない、なんて簡単に諦めないでよ。人ってね、自分と異質だと思えば思うほど、相手のことを怖がるの。まさに今のあなたね。その上で、あなたにできることは何？　直接本人に行くのが恐ければ、まずはSさんの友だちと仲良くなってみたら。それだけでハードルが下がるわよ。友人の知り合いなら信用するものね。

勇気がない？　ムダな自尊心を脱いで、まずは嘘でもいいから笑顔をふりまくのよ。そうすれば、人は自然と集まるわ。

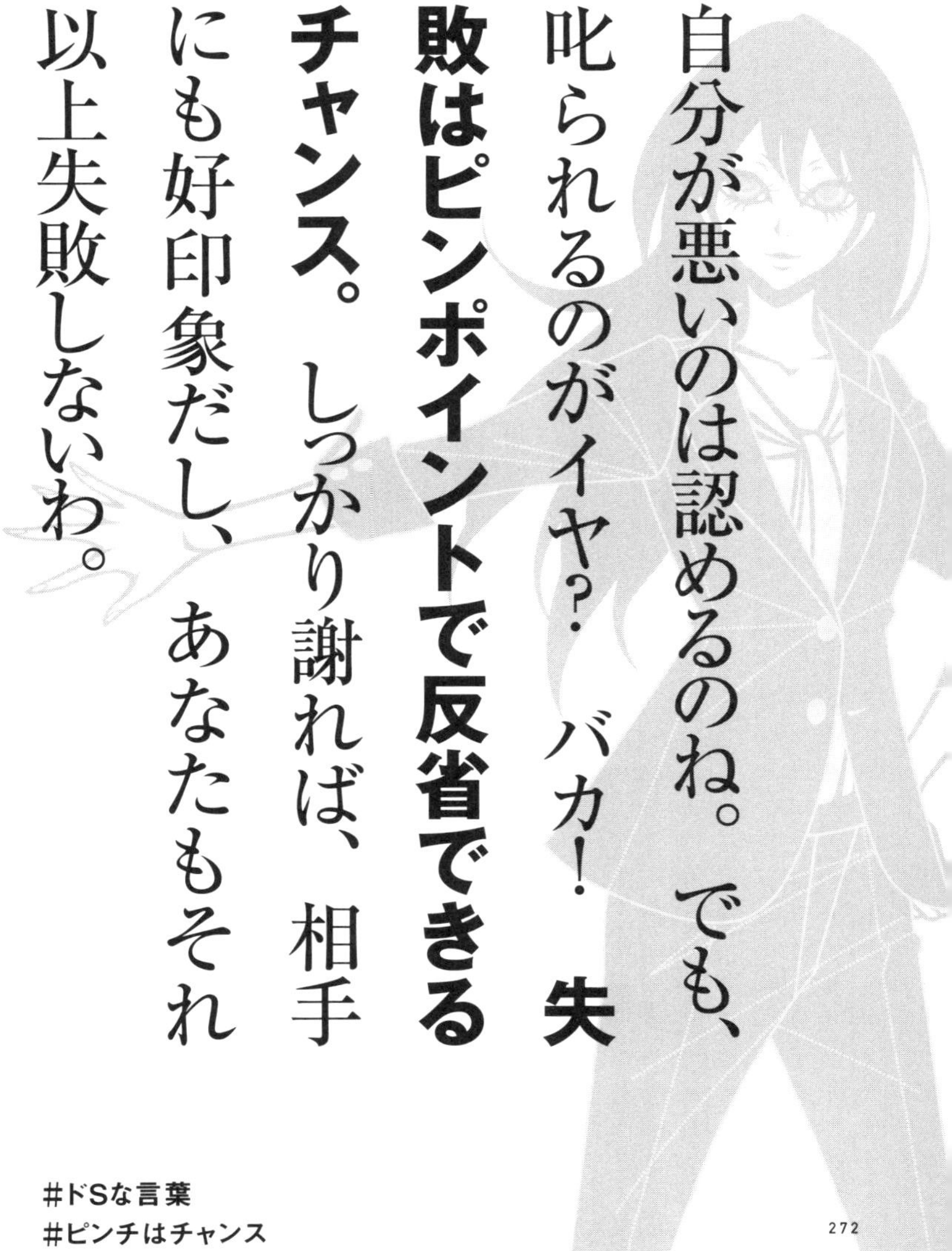

自分が悪いのは認めるのね。でも、叱られるのがイヤ？ バカ！ **失敗はピンポイントで反省できるチャンス。** しっかり謝れば、相手にも好印象だし、あなたもそれ以上失敗しないわ。

#ドSな言葉
#ピンチはチャンス

まったく、この頃みんな、謝るのが苦手よね。とにかく嫌がるし、下手だし、しかも言い訳みたいなことまで口にして、みっともないったらありゃしない。そんな謝罪、相手はどう思うのかもわからないのかしら。

自分の落ち度は認めてる。だけどそこを突かれて叱られるのはイヤ、か。ねぇ、叱られるってどういうことだかわかる？　悪いことを怒られるってだけじゃないのよ。迷惑をかけたんだから、謝るのはもちろんだけど、叱られるって、あなたの何が悪いのか、何を反省すべきなのか、それを学ぶ機会でもあるのよ。席に戻ったら、言われたことをメモして、次回に活かしなさいね。二度目はないと思うくらいじゃないと。

それと、謝り方。これも大事。面倒だって気持ちを出したらＮＧよ。ほんとは謝りたくないってことがわかるでしょ。だいたい、どうして謝るんだっけ？　あなたの失敗を許してもらうためよね。じゃあ、それを示さなきゃ。きちんと謝れば、相手もある程度すっきりするものよ。

親の干渉なんてウザいわよね。こっちはもう大人なんだもの。でも、いつか、先に亡くなるのよ。**最後に呼ぶのは、きっとあなたの名前ね。**

＃ドSな言葉
＃大事なものは失ってから気づく

あなた、毎週かかってくる地元からの親の電話、飽き飽きしてるんでしょ。いつも同じ会話だものね。仕事はどう、ちゃんと食べてるの、結婚はまだ。そしてあなたはいつも答えをはぐらかす。だって、生活に十分な収入はあるし、自分の生活のペースを崩されたくないからね。

と言いたいところだけど、その年になっても親心がわからないなんて、甘えるにも程があるわ。察そうともしなかったんでしょ。ずいぶん自分本位よね。

自分の子どもって、成人して、大人になってもかわいいものだって聞いたわ。実際、私の両親も溺愛《できあい》してる。何かあったら自分の命と引き換えにしてもいいくらいにね。あなたの親だって同じだわ。一生あなたを思い続けてる。なのに、あなたは迷惑がるばかり。感謝の気持ちの一欠片くらいあるでしょうに。お返しくらい考えなさいよ。

今のところ、私の一番の親孝行は、代官様と結婚することね。

お金より人を大切にする

ええ、お金は大事よ。でも、それ以上に私はあなたの隣が好き。**あなたがいなかったら、こんなに幸せじゃないわ。**

#ドSな言葉
#あなたの一番大事なものは?

先輩はいくらでもお金持ちと結婚できるんだからいいじゃない、って私のこと？　まあ、あなたならそう思いそう。昔からお金大好きだったものね。諭吉先生にプロポーズしてみれば。フラれそうだけど。

そりゃ、この社会ではお金がなくちゃ生きていけないわ。このサラサラの髪も、シルクの下着も、最高級のシャンパンのとなりにあるキャビアも、お金で得たものよ。たくさんお金を持っているほうが、いいモノが買えるし、いいサービスが受けられる。しかも羨ましがられるじゃない。ええ、もちろん、私は全部持ってるわ。あ、にらんでる。奥歯も噛み締めてる。ふふ、嫉妬されるのって快感～。もっと鋭い目つきになってみてよ。

あなた、ほんとに人生の価値をお金だけで測ってるのね。じゃあ、あの人の笑顔もその人の落ち込んだ顔も、原因はお金だと思ってるの？　バッカじゃないの。直接聞いてみなさいよ。あ、私、代官様がいれば、シャンパンじゃなくてスパークリングワインでも我慢できるわよ。

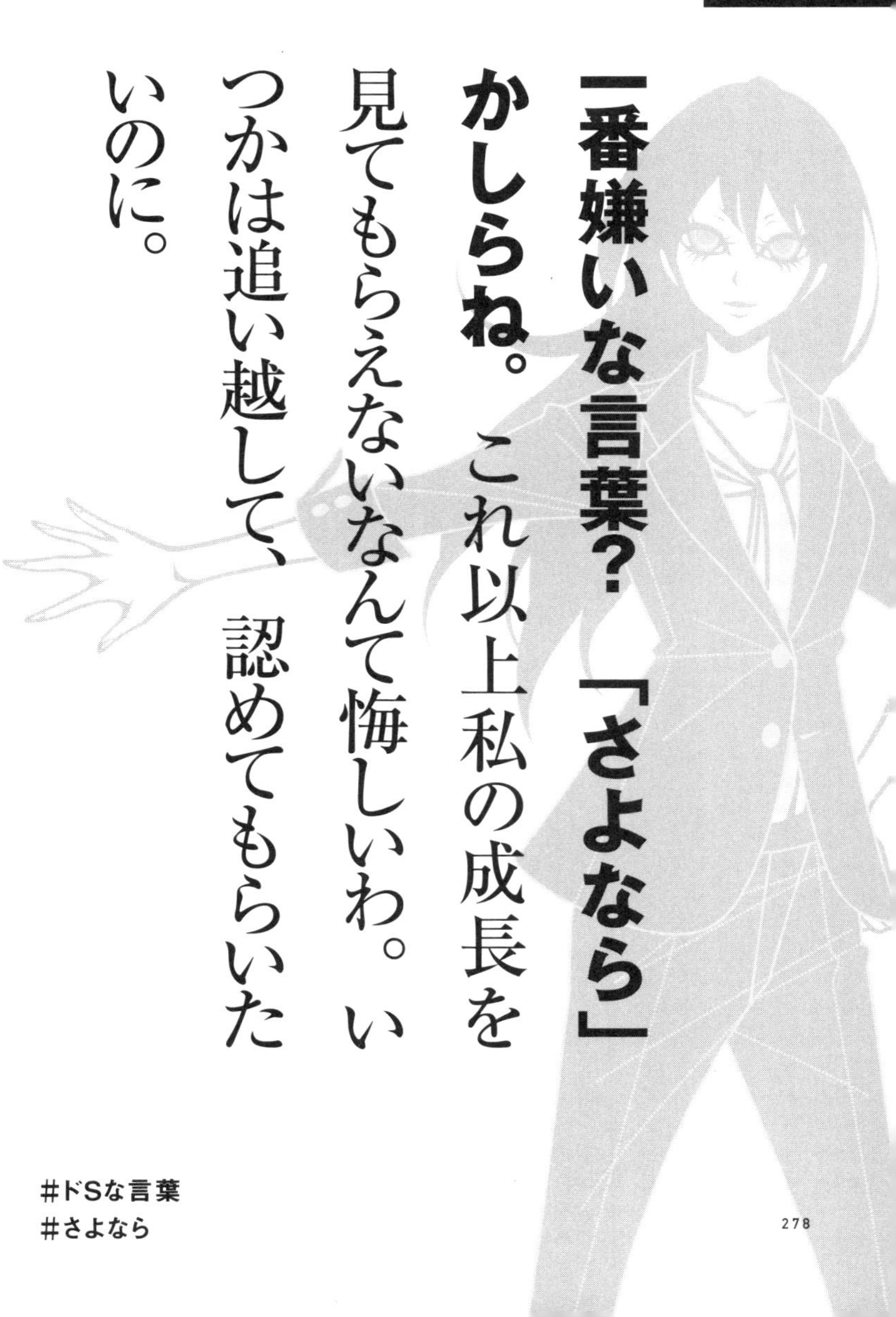

一番嫌いな言葉？「さよなら」かしらね。これ以上私の成長を見てもらえないなんて悔しいわ。いつかは追い越して、認めてもらいたいのに。

#ドSな言葉
#さよなら

どうしても去らなきゃいけないの？　だったら「さよなら」なんて言わない。むしろ「うそつき」って言うわ。

だってあなた、私が主任になるまで見守るって言ったでしょ。たくさん課題をくれたのに、答えも確かめないまま行くの？　そんなの裏切り以外のなんなのよ。

私がどれだけの思いをして、ここまできたか知ってるでしょう。これからの活躍も楽しみにしていますね、とも言ったわ。でもあなた、知ってたんでしょ、この日が来ることを。

……どうしても行くのね。私から離れていくのね。わかったわ。もう何も言わない。だけど、覚えておいて。いつどこで偶然会っても恥ずかしくない、ううん、あなたなんて恐れ多くて声もかけられないような人になってやるんだから。それでもいいなら、言うわ。

「さよなら」

〈著者紹介〉

七尾 与史（ななお・よし）

◇－1969年、静岡県生まれ。歯科医院を開業しながら執筆した『死亡フラグが立ちました！』（宝島社）が、第8回『このミステリーがすごい！』大賞・隠し玉として発表され、異例のデビュー作25万部を達成した。
◇－『ドS刑事』シリーズ（幻冬舎）がドラマ化を果たし、累計50万部を突破した。著書に『バリ3探偵 圏内ちゃん』シリーズ（新潮社）、『山手線探偵』シリーズ（ポプラ社）、『死神医師』（講談社）、『偶然屋』（小学館）などがある。

カバー・本文デザイン　bookwall
カバー・本文イラスト　ワカマツカオリ
執筆協力　永野牧

グサッと痛いけど超やる気が出るドSな言葉

2018年12月13日　第1刷発行

著　者――七尾 与史
発行者――徳留 慶太郎
発行所――株式会社すばる舎
〒170-0013 東京都豊島区東池袋3-9-7 東池袋織本ビル
TEL　03-3981-8651（代表）　03-3981-0767（営業部）
振替　00140-7-116563
http://www.subarusya.jp/
印　刷――株式会社シナノ

落丁・乱丁本はお取り替えいたします

ISBN978-4-7991-0755-3